老いを照らす

瀬戸内寂聴

朝日文庫

本書は二〇〇八年一月、以下の講演を元に、加筆・訂正して書籍化したものです。

「週刊朝日百科『仏教新発見』創刊記念講演会」（二〇〇七年六月一日・有楽町朝日ホール、六月六日・大阪フェスティバルホール）

はじめに

人間とは生れた瞬間から、老いと死に向かって歩むべく定められた運命を与えられています。老いるために、死ぬために生きているのです。

それに気づき、その理不尽さにじたばた反抗した上で、ついにあきらめ、納得のいかないまま、それを受容した瞬間、人はたしかに老人となるのでしょう。

世界一の長寿国になった日本は、老人であふれています。老人たちはまだ馴《な》れない自分の老いを扱いかねて、すねたり、腹を立てたり、あきらめたり、しまいには機嫌をとったりして、何とか老いとの共存に苦労しています。

この本はれっきとした老人の一人である私の、老いの手なずけ方を話しています。

寂聴

目次

老いを照らす

第一章　老いと向き合う

人は確実に老いる

私は今年（二〇〇七年）で作家生活五十周年になります。出家してからの歳《とし》を、仏教のことばで法臘《ほうろう》と言いますが、これも今年の十一月で三十四歳になります。

その間、岩手県の天台寺に晋山《しんざん》し、荒れ果てたお寺を復興したり、敦賀女子短期大学の学長に就任したり、準備に十年以上、執筆に六年かけて『源氏物語』の現代語訳を仕上げたり、合間に法話、講演、新聞や雑誌の連載など、自分でもあきれるくらい、忙しい日々を過ごしてきました。

さまざまな賞もいただき、昨年十一月には文化勲章も受章しました。

そして今年の五月には、満八十五歳になりました。講演や法話で歳を明かすと、必ずざわめきと嘆息が客席に波立ちます。一時間とか二時間、ずっと立ちっぱなし、話しっぱなしでいられます。背筋もぴしっと伸びています。肌も艶々《つやつや》しているそうです。

確かに足腰は丈夫で、毎日全国を飛び回っても、びくともしていません。けれども、はた目にはわからないかもしれませんが、こんな私も、確実に老いています。まず七十四、五歳から、目が悪くなりました。もともと物書きですから、ずっと目を酷使してきています。だからもちろん老眼鏡もかけていました。しかし、だんだんおかしなことに気づいたのです。

まず、コップとかガラスとか、透明なものが、曇って見えるのです。寂庵には何人かスタッフがいて、私の暮らしや仕事の世話をしてもらっているのですが、

「コップをもっとよく洗ったら？　レモンとか、お酢で洗うときれいになるのよ」

などと言ったら、誰もが嫌な顔をするのです。窓ガラスも、なにやら薄汚く見えるものですから、「たまには磨いてね」と注意したら、「毎日磨いてます」とそっ気ない答えが返ってきました。

そのうち、透明なものだけではなくて、人の顔も汚く見えるようになってきました。

「あなたちょっと顔色悪いわね。どこかお体でも悪いの？　もうちょっと明るいファンデーションに替えたら」

「そうですか？　ちゃんと明るいのつけてるんですけどねぇ……」

と不審がられたり。これはおかしいと思ってお医者さんに行きました。すると案の定、

「白内障です。もう手術した方がいい時です」

と言われました。私はとにかく毎日忙しいものですから、

「そうですか、じゃ、すぐやってください。両目いっぺんに」

とお願いしたのです。そうしたら先生にひどく笑われました。

「ふつうは用心して、片目ずつしてくださいという人が殆《ほとん》どなんですけどねぇ。特に男の人は。寂聴さんはずいぶん大胆ですね」

みなさんの中にも経験された方がおありでしょうけれど、いま白内障の手術は、レーザーを使って簡単にできてしまいます。片目十分ずつ、ぴゅっぴゅっとレーザーを当てて終り。痛くもかゆくもない。

手術は、東京でしたので、検査にいちいち通うのが面倒なので、入院しました。手術が終って通された部屋には大きな机があって、「おつかれさまでした。ここでお仕事してください」と言われたのです。

ところがいいことばかりではありません。洗面所に入ったとたん、「ぎゃーっ」と叫んだのです。秘書が大慌てで飛び込んできました。

「どうしましたか？　けがでもしましたか？」

「見て、鏡の中に八十のばあさんがいる」

「だって、それは八十のおばあさんですもの」

ばかみたいな話ですが、それまで私は、自分が八十の老婆であることを自覚していなかったのです。

「だってみんな、お若いとか、肌が艶々してるとか言うじゃないの」

「それは八十にしては……ということです」

正確にものが見えた最初の経験がこれでした。

退院して京都へ戻りますと、寂庵の窓やガラスの食器類も、みんなぴかぴかに見えます。

「私が退院してくるというので、大掃除してくれたのね」

とお礼を言ったら、

「いえ、前からこうです」

と口を揃えて言われました。私の目が曇っていたのです。

目の次には、耳が悪くなりました。これも私は、自分では気づきませんでした。それどころか、自分は耳がいい、と思い込んでいたのです。まわりの人が「聞こえが悪くなってませんか」と心配するようなことが何度かあったのに「そんなことない、話し方が悪いのよ」なんて。

ところがある講演のとき、事件が起こりました。私は講演や法話の後、質疑応答の時間をつくります。

そのときも話が終って、質問を聞くことになりました。前の席のしとやかな婦人が立ち上がって、小さな声で何かおっしゃいました。あんまり聞き取れなかったのですが、私はこれだけ大勢の方の前で話されるのだから、てっきりいいことがあったのだろうと思って、

「まあ、それはおめでとうございます」と答えました。とたんに会場は大爆笑です。秘書が真っ青になって駆けよってきて、

「ご主人が先月亡くなった、とおっしゃったんですよ」

私は演壇を飛び降りて、その人に「ごめんなさい」と平謝りに謝りました。でもその方

は歯を食いしばって、じっと体を硬くしてうつむいているのです。これはよほど怒ってるに違いない、何と言っておわびしようかと、私はおろおろするばかり。

そしたらその方が、突如としてぷっと吹き出したんです。笑いをこらえて体を硬くしていたらしい。「主人が死んで、初めて笑わせていただきました。ありがとうございます」。

そんなことがあって、ようやく医者にかかりました。でも、耳の病気というのは、目と違ってなかなか治らないようです。医学で一番後れているのは、耳の分野ではないでしょうか。補聴器をするようにすすめられ、紹介された補聴器店に行きました。いろいろ調べてくれまして、買うなら性能が一番いいものにした方がいいですよ、何度も買い替えなくていいですからとすすめられ、調子が悪かったら、いつでも私がうかがいます、とそれは丁重に言います。それですっかりいい気分になって、一番高いのを買いました。

でも補聴器というのはやっぱり異物ですから、つけていてあまり気持ちよくないんですね。しかも高いでしょう。私はそそっかしいから持ち歩いていたら絶対なくすと思って、机の中に入れたままにしておいたのです。

そうしたら、半年くらいして、補聴器店から電話がかかってきました。「調子はいかがですか」。「悪いけど、まだ使ってないの」と正直に答えたら、「それは困りました。実は補聴器にも賞味期限のような寿命があります。五年たつと使えなくなります」ですって。

売るときに言ってくれればいいのに。それからは持ち歩くようにしているんですけど、こちらの方はなかなかうまいことといきません。

年の割には若々しくて、ぴんぴんしているように見えても、老いというのはこのように確実にやってきます。老いの先には死があります。誰もこの運命からは逃れられません。人は死ぬために、この世に送られてきたのです。生れた瞬間から死のゴール目指して走りだし、休むことができません。

なつかしい人の死

私は短命の家系で、母を空襲で亡くし、父もその数年後に死にました。母は五十歳、父は五十七歳です。たった一人の姉も、六十六歳のときガンで亡くなりました。

元夫も、元夫と別れるきっかけになった男も、そして八年以上も月の半分を共にし、作家としての心の目を開いてくれた男も、皆、とうにこの世を去っております。

八十五年も生き永らえてしまうと、なつかしい友人や知人、人生や文学の師と呼べる人たちも、殆どが鬼籍《きせき》に入ってしまわれました。

長生きをして一番つらいのは、自分にとってなつかしい人、恋しい人、会いたい人がどんどんこの世からいなくなってしまう、それを見送らなければならない、ということです。「今度一緒にお酒でも飲みましょうね」「いつかゆっくり話しましょうね」と言って別れたような方から、何年かたって「ガンになった」「脳溢血《のういっけつ》で倒れた」などという報《しら》せが届く……そんなことが毎月のようにあります。

先日も、小田実《まこと》さんが亡くなりました。元べ平連で、私は小田さんの、ベストセラーになった『何でも見てやろう』が出版される前から、もう半世紀近いつきあいでした。べ平連時代の小田さんは、それはもうかっこいい色男で、あのがっしりした体格と大きな声で、知的な若い女性に囲まれて、時代のヒーローでした。

小田さんがガンだということを知ったのは、四月の終り頃でした。突然、長いファクスが送られてきたのです。

昔、文壇三悪筆というのが言われたことがあって、丹羽文雄《にわふみお》さん、石原慎太郎さん、そして私がもっともひどい、ということになっていたのですけれど（石原さんは原稿と一緒にそれを自分で読み上げたテープをつけて印刷所に入れたとか）、小田実さんも相当の悪筆で、何が書いてあるかわからないんですね。

殆どが現在取り組んでいる活動のことだったんですけど、最後に、「末期――またはそれに近いガンであることが判明しました」と書いてあったので、びっくりして電話をかけましたら、

「もう手遅れと医者は言うんや、もっと生きたいよう、まだ死にとうないわ。寂聴さん、元気になるお経あげてや」

小田さんはもちろん無神論者です。キリストもお釈迦様も信じてない、自分の信念だけ

を信じて生きてきた小田さんが、冗談にもこんなことを言うので、相当に深刻な事態だな、と直感的にさとりました。

旅先のトルコで具合が悪くなって帰国後医者にかかったら、もう手の施しようがなかったというんです。医者に三人かかったけど三人とももうだめだ、と言ったと。私は、「小田さん、何言ってるの、日本はいまどうなるかわからない瀬戸際よ。首相は憲法改正に熱心だし、イラク戦争も終ってないし、小田さんに死なれたら日本はどうなるの」と激励しました。

小田さんは六月二日に満七十五歳、私とちょうど十歳違い。「せめて瀬戸内さんと同じ歳くらいは生きたい。まだやりたい仕事が山ほどあるんや」と弱々しい声で言うものですから、あの剛毅《ごうき》な人が……と私の方がむしろ電話口でおろおろしてしまって、「死んじゃだめよ、死んじゃだめよ。私もお経を読むし、写経もする、天台寺に護摩の名人がいるから、その人に護摩を焚いてもらうから、これは絶対に効くから、あきらめちゃだめよ」と繰り返して電話を切りました。

その後忙しくしてまして、やっとお見舞いにうかがったのは六月に入ってのことでした(どうしてもっと早く行けなかったかは後に述べます)。小田さんは割合元気に見えまして、「おう、効いたよ」と言うんですね。

「どうも瀬戸内さんのお経と護摩が効いたみたい。何となく治ったような気がする」って。

その時、愕《おどろ》いたのは小田さんの表情です。小田さんと言えば、ハンサムはハンサムですけど、ヨン様なんかとは対極的な、むくつけき、近寄ると汗臭いような、そんなタイプのいい男だった。ところが、病室の小田さんは、色黒の顔が白くなって、肌にもシミやしわがなくなって、仏様、地蔵様のような俤《おもかげ》になっているのです。

「あら、小田さんって、こんなハンサムな色男だったの？　気がつかなかったわ」とわざとうきうき言うと、小田さんは面白そうに、「今、なったんや」と冗談を言っていました。

でもその時、私はひそかに「ああ、これはもう危ない」と思って、胸がいっぱいになりました。人は多くの場合、死期が近づくと顔がきれいになります。いわゆる死相です。でも、もちろん、その場はそんなことは言わずに、わざといろんな冗談を言って帰ってきました。部屋には、天台宗だけでなく、真言宗の高野山のお札《ふだ》、大阪・石切神社のお札、南仏の聖水・ルルドの水とか、古今東西、ありとあらゆる種類のお札やお守りが飾ってありました。小田さんを心配する人が、世界中から届けてくれたのですね。小田さんは「二カ月生きたら、このテーマで、もし三カ月生きたら、あのテーマで、もしも年末まで生きたら、このテーマで書きたい」とひたすら前向きな話をされていました。

その後、週刊誌の取材でもう一回訪ねましたが、その頃はもう、あまり話せないような状態でした。亡くなったのは自民党が大敗した参院選の翌日。きっとあの世で快哉《かいさい》を叫んだような気がします。

どうして小田さんの元へすぐかけつけられなかったのかというと、五月末に大庭《おおば》みな子さんが亡くなったのです。大庭さんは、一九九六年に小脳出血と脳梗塞《のうこうそく》で倒れられて、その後ずっと夫の利雄さんが献身的介護を続けられてきた。その間のことが『終わりの蜜月』（新潮社）という本にまとめられていますが、本当に大変な日々を過ごしてらして、利雄さんももう体力の限界に達していたらしくて、それを察したかのようにお亡くなりになったのです。

大庭さんと小田実さんはとても仲よしでした。だから闘病中の小田さんに、大庭さんが亡くなったことを伝えるのが怖くて、小田さんががっかりして、さらに病状が悪くなったらどうしようと思って、お見舞いを少し後に延ばしたのです。

小田さんが七十五歳、大庭さんは七十六歳、またしても、一回り近く年下の人たちを見送ることになってしまいました。

小田さんと相前後して、今度は筑紫《ちくし》哲也さんから手紙をいただきました。筑紫さんは小田さんより少し下で、七十二歳だそうです。筑紫さんもガンにかかられた。でも幸いなことにまだ初期だったので、番組を休んで療養されています。

こんなふうに、毎月のように友人や知人の誰かが、病に倒れ、死を迎える。もうこの三十年ほどは、こんな日々がずっと続いています。私はもうずっと前に自分の死に際というものを考えていまして、外国の映画で、死んだら棺を担いでお墓へ向かうシーンがよくありますね。あのイメージで、自分の葬儀の面倒を見てくれる若い男の編集者を選んでいたのですが、長く生きすぎるうちに、編集者の方が腰や膝を痛めたりして、担げなくなってしまいました。長生きするのも楽じゃないのです。

誰も死からは逃れられない

私はよく講演や法話の席で、こんな質問をするんです。「この中で、『自分だけは老いない、死なない』と思っている人はいますか、いたら手を挙げてください」。まあ、たいていは誰も手を挙げないんですけど、中には酔狂な人がいて、手が挙がることもあります。そんなとき、私はこう言うんです。「あなたは頭がおかしいです。すぐ病院へ行って診てもらいなさい」と。

でもこの人のことを笑えません。人間は誰でもいつか死ぬ。このことを頭ではわかっていながら、日々の生活の中では真実を受け入れられない。これもまた人間の実相です。どうしようもなく愚かなのです。愚かな人、これを仏教では「凡夫《ぼんぷ》」と言いますが、要するにおばかちゃんということです。人間はみな凡夫です。

仏典にこんな話があります。まだお釈迦様が生きていられた時代のことです。キサーゴータミーという若い娘が、幼いわが子を病気で亡くします。キサーゴータミーは、狂ったようになって、わが子の骸《むくろ》を抱いて、泣きながら町を彷徨《さまよ》います。

哀れんだ町の人が、「この町の外れに、お釈迦様がいらっしゃる。お釈迦様なら、もしかしたらその子を救ってくださるかもしれない」とキサーゴータミーに教えます。キサーゴータミーはお釈迦様に会って、「どうか私の子を救ってください」とお願いする。すると、お釈迦様は、「町へ行って、芥子《けし》の粒を集めなさい。その芥子粒で薬を作ってあげよう」とおっしゃった。ただし条件がある。「今まで一人も死者を出したことのない家の芥子でなければならない」。

キサーゴータミーは町へ引き返し、家々を訪ねて回りますが、「私の家は、妻を昨年亡くした」「うちは祖母とお別れをしました」「子供が死にました」と、どの家も、誰かを亡くしている。死者の出たことのない家なんかない。キサーゴータミーはあちこち回っているうちに、お釈迦様の本当におっしゃりたかったことに気づきます。つまり、人間はこの世に生れた以上、必ず死ぬ、死なない人などいない、ということに。そのことに気づいたキサーゴータミーは、わが子を厚く葬り、お釈迦様に帰依《きえ》して出家します。

死は逃れられない、そして、いつ、どこで襲われるかもわかりません。もしかしたら、今日私の話を聞いた人の中にも、帰りに交通事故や自然災害に遭って死ぬ人がいるかもわかりません。その前に、私が倒れるかもわかりません。帰ってテレビを見たら、「瀬戸内寂聴　最後の法話」というニュースが流れているかもしれませんよ。

それくらい死は身近にある。稲垣足穂《たるほ》さんのところに、私は昔何度か遊びに行って仲良くしていただいた時期があるのです。稲垣さん唯一の女弟子の折目《おりめ》博子さんと親しくなりましてね。折目さんに稲垣家へつれていってもらいました。

　稲垣さんは、戦前、『弥勒』という小説を書いているくらいで、仏教にも造詣が深かった。ある日、話の途中で、

「死後の世界というのはね、すぐ身近にあるんだよ。ほら、そのふすまを開くと、隣にまた畳の部屋があるだろう。そんなもんだよ。死んでこの世のふすまを開けると、向こうにまた、こちらと同じ部屋があるんだよ。だから、生きているのと同じ状態だよ」

　と教えてくれました。稲垣さんは、何しろ生きているときから、この世とあの世と両方を行き来しているような小説を書く怪人でしたから、その時はそんな考えもあるのか、くらいにしか思いませんでしたが、この歳になって、毎月、毎日のように知人や友人の訃報に接すると、稲垣さんの言葉も、かつてとは違った趣で胸によみがえってきます。

　私はもう、いつ死んでもいいという気構えで生きています。今年で作家生活五十年ということで、いろいろお祝いやイベントをしていただきました。本当は純文学作家としてデビューする前に、三谷晴美の名で少女小説も書いているので、正確には五十五年くらい書き続けています。

　その間、脇目もふらず一生懸命に仕事をしてきました。出家したら多少暇になるかと思ったら、講演や法話などでなお忙しくなりました。

もう毎晩、バタッと倒れて死んだように眠る日々が続いております。実際そのまま死んでも自分では気づかないんじゃないかと思うくらい。

でも私はいろんな賞もいただきましたし、もうこの世にやり残したことはない。また毎日毎日必死で、充実した日々を過ごしておりますから、いまこの瞬間に死んだとしても、思い残すことなんかないんですね。いつ死んでもいい。でも不思議なことに、そう思うとなかなか死なないのです。

ここで、みなさんに死なない秘訣を教えて差し上げます。それは死んでもいい、と思いなさい、ということ。その代わり、今日したいことは今日しなさい。いつ死んでも悔いのないように、充実した生を送っていると、死は遠ざかります。何もしないで死にたくないとだけ思い詰めていると、死ぬんです。

お釈迦様も、こうおっしゃっています。

「過去を追うな、未来を願うな。過去は過ぎ去ったものであり、未来はまだ到っていない。今なすべきことを努力してなせ」（中部経典）

「いま」というときは二度と訪れません。過ぎ去ってしまった過去よりも、どうなるかわからない未来よりも、はるかに切実で大切なのが、この「いま」です。いまを全力で生きること。これが大事だという教えです。

美しく老い、死ぬためのヒント

人間は、なぜ死ぬのだろうか――。
どうせ死ぬのに、なぜ生れてきたのだろうか――。
老いや死に対する疑問や恐怖は、人間がこの世に生れて以来、ずっと持たれ続けてきたものです。昨日や今日のものではありません。このことも、よく忘れられがちです。

『源氏物語』に、こんな言葉があります（若菜下の巻）。

さかさまに行かぬ年月よ。老はえのがれぬわざなり。

このとき光源氏は四十七歳です。平安時代ですから、四十七歳といったら、今の六十歳くらいの感覚です。当時は四十歳になると、長寿のお祝いをしたくらいです。
このとき源氏は、六条院に広大なハーレムを構え、外面的には栄華の絶頂にありました。しかし、正妻の女三宮《おんなさんのみや》が、若い柏木《かしわぎ》と密通し、その子を身ごもったことがわかります。このとき柏木を呼び出して語った皮肉というか厭味《いやみ》な愚痴の中に、この件が出てきます。

「年をとるにつれて、酒を呑めば泣き上戸になって涙がとめられない。そんな私の醜態を見て衛門督《えもんのかみ》（柏木のこと）がにやにや嘲っているのがまったく恥ずかしい。しかし、あなたの若さだって今しばらくのことですよ。決して逆さまに流れてゆかないのが年月というもの。老いはどうしたって、逃れられない人の運命なのだから」

時間はさかさまには流れない。人間はおぎゃーと生れた瞬間から、死へ向かって一直線に進み続ける。そういう運命なんです。

お釈迦様の言葉に四苦八苦というのがあります。生老病死《しょうろうびょうし》、生れて、老いて、病に倒れ、そして死んでいく、これが四苦ですね。これに、愛別離苦《あいべつりく》（愛する人と別れる苦しみ）・怨《おん》憎会苦《ぞうえく》（憎い人と会う苦しみ）・求不得苦《ぐふとっく》（求めても得られない苦しみ）・五蘊盛苦《ごうんじょうく》（感覚の苦しみ）の四つの苦を加えたのが、四苦八苦です。老いること、死ぬことは人間の生が抱える根本的な運命で、誰にも逃れられないということを、お釈迦様は二千五百年も前から教えておられます。

生れた瞬間から死ぬことが運命づけられているということは、生きることはすなわち死ぬことだ、ということを意味します。それでも私たちは、老いたくない、死にたくない、もっとはっきり言うと自分が死ぬということを認めたくない、理解できない。理解できないから嫌なんですね。これはみんなそうです。

あの親鸞聖人《しんらんしょうにん》ですら、弟子の唯円《ゆいえん》が、

「私はいくら念仏を唱えてもあの世に行きたいという気持ちが生れない、少しでも病気になると、死ぬのが怖くて不安になる。これは信心のこころが足りないからでしょうか」

と質問したのに対して、

「おまえもそうか、実は私もだ」

と答えているくらいです（歎異抄《たんにしょう》第九章）。

ある禅宗の高僧がガンにかかって、余命いくばくもなくなった頃、主治医に、

「仏教は生死《しょうじ》を極めるための修行で、自分はすでに生死を超越した境地であるから、たとえ余命を告知されたとしても決して取り乱したりしない。だから私の病状の本当のことを言ってくれ」と言ったそうです。

医師はさすがに高僧は肚《はら》がすわっていると了解し、

「実はガンはもう手遅れで、余命は一カ月あるかないかだ」

と正直に告知したら、高僧は愕き慌てて、寝床から飛び上り「死にとうない！」と叫び、ほどなく死んでしまった、という話です。

「死出《しで》の旅」という言い方があります。普通、旅に出るときは地図を持って出ますね。ところが死出の旅には地図がない。地図のないところを旅するのはとても不安です。だから死ぬのが人間は怖いのです。

人間がどう老いて、どう死んでいくのか、そして死んだ後にはどうなるのか、いろんな人がいろんなことを言っていますが、老い方も死に方も一人一人、違います。いつ、どのようにして老い、どのように死ぬかは誰にもわからないのです。だから嫌なのです。

仏教には「定命《じょうみょう》」という言葉があります。人間には寿命がある。生れた瞬間に決められていて、人間にはどうすることもできない。それが定命です。つらいことがあって、死にたいと思っても死ねないし、生きたいと思っても生きられない。こうして書いたり話したりしているときにも、何らかの事故や事件が起こって死ぬかもしれない。何かの発作や病気で倒れるかもしれない。

どうせ老いるのなら、どうせ死ぬのなら、醜くない老い方、死に方をしたいじゃありませんか。死が避けられないものならば、できうる限り、美しく老い、美しく死にたい。そのためにどうすればいいか。私自身も、ずっとこのことを考えてきました。

答えは簡単ではありませんが、この本では、各地の法話や講演でお話したことの中から、美しく老い、美しく死ぬためのヒントになりそうな話を集めてみました。少しでも、お役にたてたらと思っています。

美しく老いるとは？

一口に「美しく老いる」「美しく死ぬ」と言っても、何をもって「美しい」とするのでしょうか？

それはたぶん人それぞれに違うのでしょう。違って当り前です。人はみなそれぞれ違うのですから。ただ、これだけは言えます。老い方、死に方にはその人の哲学、全人格が現れる。そしてそのような哲学、人格から見て無理のない、自然な老いや死を迎えた人、老いや死を自分なりのやり方で受け入れた人、死のその瞬間まで存分に生ききった人には、ある美しさが宿るのだと。

私は若い頃から、なぜか死ぬことは怖くないんですね。作家の遠藤周作さんと、ご存命中に死について話したことがあります。谷崎潤一郎さんのお墓参りをしたとき、帰りに遠藤さんが、

「瀬戸内さんは、死ぬのが怖くないか」

と訊《き》きました。私はちっとも怖くない、と答えました。すると、

「俺は怖いんだなあ、とても死ぬことが怖いよ」

とおっしゃる。遠藤さんはご存知のようにカソリックの忠実な信者です。私はおかしくなって言いました。

「遠藤さんの往くところは天国でしょう。神様もいるし、お母様にだって逢えるじゃない」

「神様も、おふくろも怖いぞう」

また、横尾忠則さんも、あるとき同じようなことをおっしゃっていました。

「死ぬことを考えると、とても怖くなって眠れなくなる」

でも私は昔から全然怖くない。むしろ怖いのは、自分の「死ざま」でした。死ぬことそのものよりも、みっともない死に方をしたらどうしよう、ぼけて右も左もわからない状態で、醜態をさらしたらどうしよう、とそちらの恐怖の方が先立ったものです。生前、善良な人格者と誰しもが認めるような人物が、必ずしもよい死に方をしなかった例、逆に悪行を重ねた人物が、必ずしも目を掩《おお》うようなひどい死に方をしなかった例、そのどちらもたくさん目撃していますから、せめて自分だけは、「美しい死」を自分で選び取りたい。私はずっとそう思っていました。

私の死に方の理想は、生命のエネルギーが白熱化し、燃え上がり、その頂点でさっと燃え尽きていくような、そういう死ざまでした。私が伝記小説を書いた女性——田村俊子、岡本かの子、伊藤野枝《のえ》、管野須賀子《かんのすがこ》、金子文子、高群逸枝《たかむれいつえ》など——は、すべてその「生きざま」においても瞠目《どうもく》すべき存在でしたが、同時に「死ざま」においても、感嘆措《お》く能《あた》わざるところがあります。

田村俊子は、世界放浪の末に行き着いた戦時下の上海で急逝します。それも黄包車《ワンポーツ》に乗っているときに発作に襲われ、車の上で死ぬのです。六十歳を過ぎた年齢で、歳よりずっと若々しく装っている。それでもまだひとり異国を漂泊し、そこで客死《かくし》する。なんともかっこいいではありませんか。

管野須賀子、伊藤野枝、金子文子は革命家ですから、それはもう烈《はげ》しい死ざまを見せました。管野須賀子は、大逆《たいぎゃく》事件で絞首台に上りましたが、先に刑死したどの男の同志よりも立派に死についたと、立ち会った看守が証言しております。伊藤野枝は、関東大震災直後、自分たちを殺しに来た甘粕《あまかす》大尉の部下に、理路整然とその不当性を唱え、敢然と立ち向かって死んでおります。金子文子は、朴烈《ぼくれつ》事件で収監された栃木刑務所で自ら首をつって死にました。

岡本かの子、高群逸枝は仏教の信奉者ですが、どちらも大往生と言っていい死ざまでした。

私自身は、かの子や逸枝のような平和な死よりも、須賀子や野枝、文子のような烈しい死ざまこそ、「美しい死」だと思って憧れていたのです。

人間はこの世に生れることは選べない。けれど死ぬことは選べるんじゃないか、いや選ぶべきだ、と考えていたのですね。

けれど出家して、年々自分も年輪を重ねてきまして、ここに挙げた女性たちの誰よりも長生きをしてみますと、少し考え方も変わってきました。さきほどもお話したように、もう毎月のように友人、知人が亡くなっていく。その中には美しい死も、どうもそうとは言えないものもありますが、本人や周囲の人がどんなに努力をしても、どうにもコントロールできないのです。

つまり生と同様、老いや死も、なかなか自分の思ったようにはいかない。生きたいように生き、死にたいように死ぬのが理想ですが、そうはいかないのです。

それはなぜかというと、そもそも命というものが、自分のものではないからです。私たちはこの世に自分の意志で生れたわけでもないのに、なぜだか自分の生というものを、自分のものと思いなしています。これが間違いの始まりです。このことは、また後でも説明しますね。

『秘花』のテーマ

老いが避けられないとしたら、それを真正面から受け止めて、なだめるしかありません。じたばたするのはみっともない。しかしどうしたらうまくなだめて、美しい老いや死を迎えられるかが問題です。死ぬのは仏様が決めたことですからしかたありませんが、それを受け止めるのはあくまでも私たち人間です。自分にできることはやらなければならない。でもどうするか。それを考えるには、過去の人物の生き様と死に方に取材するのが一番です。だって現世にいる人は死んだことがないんだから、いくら知恵を絞って考えても、限界があります。経験者に訊くのが一番早い。

私は自分のことを天才とは夢にも思ってませんけれども、一応これでも芸術家のはしくれだとは考えております。そこで能の天才である世阿弥《ぜあみ》を題材に、芸術家はいかに老いを受け入れるかをテーマに書いたのが、二〇〇七年五月に出版した『秘花』（新潮社）という小説です。

四年ほど前に、頼まれて新作能を書いた（『瀬戸内寂聴の新作能　夢浮橋　蛇』集英社）時に、お能について、集中的に勉強したんですね。そのときから世阿弥に興味を持ちまして、ぜひ一度小説にしてみたいと思っていました。

世阿弥は父親の観阿弥と共に、現在まで続くお能を大成させた室町時代の人です。この人は十二歳で時の将軍、足利義満に見初《みそ》められ、その寵愛を受けます。寵愛というのはセックスを伴った愛、つまり衆道《しゅどう》です。このとき義満はまだ十七歳でした。当時、武士の間では衆道が一般化しておりまして、権力者は美しい少年を囲うのがステータスシンボルにもなったのです。今ですと「あの人はホモよ」とか、「あの人はレズよ」とか、同性愛者に対して後ろ指を指すような人もありますが、当時はそのような価値観はありません。

ちなみに衆道はお寺から始まって、それが武士の間にも広がったものです。お寺のお坊さんというのは女色を禁じられておりますから、美しい少年をお坊さんにしてかわいがりました。現代の価値観からすると不自然な気もしますけれども、そういう愛の中から悟りを得て、偉いお坊さんになった人もいるのですから、面白いですね。

義満という天下一の後ろ盾を得た世阿弥は、自分の能（当時は猿楽《さるがく》といいました）の一座をどんどん発展させ、日本一になっていきました。ところが、権力者というのは、いつの世も気まぐれです。十二歳の美少年も、年ごとに大人になり、十七、十八のハイティーンになると、もう少年のかわいさが薄れていく。ひげやすね毛も生えますしね。

将軍の愛の対象は、もっと若い少年に移っていきます。そして将軍の権力自体も、室町時代の後期へ向かうにつれ、凋落《ちょうらく》してきます。

世阿弥はお能の役者としても、台本作者としても、また芸術論の書き手としても天才と言われております。それは現在に残された彼の芸術を見ればわかります。

しかし、晩年、まず次男の元能《もとよし》に出家され、跡取りだった長男・元雅《もとまさ》が興行先の吉野で突然亡くなります。世阿弥はさらに七十二歳の時、義満から三代後の将軍・義教《よしのり》の時に、まったくいわれのない罪で、佐渡に流されます。そして八十一歳まで佐渡で生きるのです。

世阿弥はまさに、栄華の頂点から、一気に奈落の底に突き落とされたわけです。そして京都時代の世阿弥については、膨大な資料が残されております。私は手に入る限り、全部買って読みましたけれども、全部広げると八畳の部屋一杯になりました。それを読むだけで一年かかりました。

でも、京都を去ってからの世阿弥については、殆ど資料がないのです。わずかに『金島書《きんとうしょ》』という謡《うた》いの台本と、娘婿の金春禅竹《こんぱるぜんちく》に送った手紙。この二つが残っているだけなんです。

『金島書』は、福井県の小浜《おばま》から佐渡へ二十日ほどかかって妻も連れず、一人で船で渡って、佐渡に上陸してから二年くらいのことを淡々とまとめたもので、これを読んでも世阿弥の当時の心境はあまりよくわからないんです。

禅竹への手紙には、「たくさんのお金をもらったから、これからお陰で体面を保つ生活ができる」と書いてあるんですよ。「体面を保つ」などということは、食べるのも大変なときには言わないでしょう。だから食べることは十分で、その上で体面を保つことができるぐらいのお金をもらったということなんです。

資料が少ないということは、その分、小説家としての想像力の出番で、腕のふるいがいがあるということで、私はこれなら書けると思いました。小説家というのは、歴史の隙間を想像力で埋めていきますからね。資料があって、そのとおり書くのはかえって面白くないのです。

世阿弥は佐渡へ流されてから約十年間、どうやって生きてきたか。七十二歳というのは、当時は今より寿命が短いですから、現代の感覚に直すと、約十歳足して八十二歳くらいの感覚。つまり、私が世阿弥にとりかかり始めた四年前とほぼ同じ歳です。そう考えると、世阿弥がとても身近に感じられます。

冒頭に、私の目や耳が悪くなった話をさせていただきましたけれど、世阿弥も当然悪くなったと思います。そして、六百年前は現代のような医学が整っていませんから、悪くなったら悪くなりっぱなしで治せない。そういう状況の中で、世阿弥はどのような心境で、自死もせず生き抜いたのか。死にたければ、まわりは全部海ですから簡単に死ねる。首だってつろうと思えばつれたはずなのに、なぜそうしなかったのか。

私は実在した人物の小説を書くときは、その人のゆかりの場所は必ず訪ねるようにしています。その土地でしか感じられない、大地の記憶というものがあるからです。世阿弥が死ぬ二年前、彼を流刑にした足利義教が殺され、彼は晩年許されて京都に帰ったという説もある。京都の大徳寺の真珠庵に世阿弥と観阿弥のものと伝えられるお墓があります。もちろん、そこにも行ってみたんですね。ところが明らかに死んでずっと後に作った墓のようで、どうも心に響いてこない。ここには帰っていないんじゃないかという気がしたのです。そして、佐渡にも四回ほど取材に行きました。

佐渡というのは、古くからの流刑地ですが、行ってみると自然環境に恵まれた、とてもよいところです。そして土地の人々がとても開放的でのんびりしていて、他者を受け入れてくれるのです。

私は東北の天台寺の住職を二十年ほどしておりましたが、東北というのはなかなか他者を受け入れない、閉鎖的なところです。それはなぜかというと、自然環境が厳しくて、昔は飢饉《ききん》も頻繁にありましたから、他者がやってくるということはすなわち自分の食いぶちが減る、つまり自分が飢える可能性が高まるということを意味した。だからしかたないんですよ。「衣食足りて礼節を知る」と言いますけれども、環境が豊かだと人間は自然と他者にやさしくなれるのですね。

佐渡というのは周囲を海に囲まれ、暖流・寒流二つの海流が流れておりますから、おいしい魚がよく捕れる。そして山もあり、山の幸にも恵まれております。お米もよくとれます。お水もおいしい。要するに食べるのに困らないところなんです。

ですから昔から幾多の流刑人――その中には日蓮のような偉いお坊さんもおります――そうした人々、そして金山もありましたから、金山の坑夫、最近では北朝鮮から渡ってきたジェンキンスさん、こうした人々を懐深く受け入れる土地柄、人柄なんですね。

私も取材に参りましたときは、現地の人にとてもよくしていただきました。最初私は、身に覚えのない罪で、家族や親類縁者もないような土地に流されて、世阿弥はさぞかし暗い晩年を過ごしただろう、という気持ちで書き始めたのですが、書いているうちに、どうもこれはそうではない、という気がしてきました。世阿弥はむしろ自分の晩年を積極的に生ききり、楽しんだのではないか。

『秘花』というのは世阿弥の芸術論『風姿花伝《ふうしかでん》』の中の有名な言葉、「秘すれば花なり、秘せずば花なるべからず」という言葉から取ったものです。「隠しているからこそ、芸なのだ」という意味です。だから世阿弥自身も、自分がどんな晩年を送ったかは、どこにも書いていない。しかしそこには秘められた花が確かにあったに違いない。それは私の想像ですが、でも実際そうだったと思うんです。

世阿弥はまた、「命には終りあり、能には果てあるべからず」（『花鏡《かきょう》』）とも言っています。これを「命には限りがあるが、芸術は永遠だ」などと軽々しく受け取ってはいけません。世阿弥は七歳の時から稽古を始めたお能の天才です。ですから死ぬまで稽古を怠らず、芸の向上にこれ努めよ、芸の稽古には果てがないのだ、という意味だと思うんです。芸術家の端くれとして、私はこの言葉をそう受け取りました。

私自身、七十歳になってから『源氏物語』の現代語訳をしました。八十歳になってから、舞台芸術に取り組みました。歌舞伎やお能を書いたり、オペラまで書きました。それらはすべてうまくいきました。書き上げるまでは、不安なこともありましたが、人間は、自分にどんな能力があるか、どこまでやれるのか、やってみなければわからないのですよ。自分で自分の才能に見切りをつけて、「ここまで」という線を引いたら、本当にそれまでになってしまいます。

世阿弥はたぶん、死ぬまで稽古をしたでしょう。そして、死ぬまで能の新作を書き続けたと思うんです。目や耳が悪くなってどうやって書いたか。不可能に思えますが、そのために私は、沙江《さえ》という架空の女性を創造しました。世阿弥は彼女の扶《たす》けを得て、『秘花』という新作を書き上げるんです。

生きている限り、自分の可能性を拓《ひら》き続ける――。芸術家だけではありません。われわれは生きているかぎりは、いかによく生き、よく死ぬかという努力をしなければならないんです。

作家の宇野千代さんは、数え九十九歳で亡くなりましたが、死の直前まで創作意欲は衰えませんでした。あの方は鉛筆で原稿をお書きになる。小説家は毎日鉛筆をたくさん削って、書けても書けなくとも原稿用紙を置いた机の前に座りなさい、と言い残して、それを本当に実行なさいました。九十六歳の時に、エロスたっぷりのすばらしい短編をお書きになって、「私ってなんだか死なないような気がするの」と言い出した。それからまもなく亡くなった。私はそれに比べれば、まだ十年あるわけですから、まだまだ精進しなければいけません。

もちろん絵でも音楽でも陶芸でも料理でも、何でもいいんですよ。常に自分を高めることを忘れない。それが大切なんです。お習字でも、刺繍でも、何でも結構です。今すぐにでも好きなこと、新しいことに取り組んでください。そうすると、必ず自分でも思いがけなかった新しい境地が開けると思います。

何歳から老年か

ここまでこんなお話をしていておかしいんですけれども、本当は私は、自分が老いたとも老人だとも思っていないのです。

先ほど申しましたように、いろいろ体の不調はあるのですけれど、頭は弱っておりません。

足腰もいまのところぴんぴんしております。

私が講演などで「いま八十五歳です」と言うのは、そう言うとみなさんが必ず「お若いですね」とか「元気ですね」と言ってくださるからなんです。それが聞きたくてわざと言っているんです。

自分自身は、年齢なんか意識していません。五十一歳だろうと、八十五歳だろうと私は私。八十五歳だからこれをやれ、とか、あれをやるな、という声に耳を貸すつもりもありません。体が悪くなったら、すぐお医者に行って治してもらえばいいだけの話です。ラジオが壊れたら、お店に持っていって直してもらいますね。それと同じです。

マッカーサーが座右の銘としたサミュエル・ウルマンの詩に、「青春とは人生のある期間を言うのではなく、心の様相を言うのだ」というのがありますね。自分の歳を意識した瞬間に、その人は老人になるし、老いも早まるのです。

自分らしく生きることが何よりも大事で、老人らしく生きる必要はないのです。

京都の寂庵へは、毎日いろんな方が人生相談に見えます。

恋愛の相談が一番多いのですが、その中でも目立つのが、六十代の女性です。

子育ても終り、旦那さんを見送ったあとに、人生を目一杯謳歌《おうか》していらっしゃる方が、いま大変増えています。

斎藤茂太《しげた》先生は、こんなことを書かれています。

「私の臨床経験からも、妻に死なれた夫の前途は哀れで、夫と死別した妻の前途は明るいという傾向が一般論としていえるようだ。

事実、夫と死別した六十五歳以上の女性のうち、九十八％が元気で、その四十八％が三十年以上も前に夫を失っていたという統計が最近出た」

お話ししても、夫をなくした女性はみんなほがらかで元気です。妻に先立たれた男性は、元気のない人が多い。

ですから今は六十歳代が女盛りだと思います。

私が出家した五十歳代なんて、まだ若造という感じですね。人生の本当の楽しみがわかるのは、六十代以降です。

宇野千代さんは、「女は死ぬまで恋ができますからね。異性に対する感情が枯渇《こかつ》してしまっては、創作はできません」とおっしゃって、最後まできれいで、おしゃれをして、心の潤いを忘れませんでした。

恋と言っても、肉体の恋じゃなくていいんですよ。肉体の恋は、自然の限界もありますからね。

実は『秘花』に世阿弥の恋を書くために、男は何歳までそういうことが可能か、あちこちに取材したんです。以前、私が『京まんだら』を書いていたころ、祇園《ぎおん》の女将《おかみ》に訊いてみたことがあります。女将によると、お客が不能になるのは、平均六十八歳とのことでした。でも、それは今から四十年も前で、それ以後平均寿命も延びたから、もっと延びていると思って、「あなた、いつまでできたの?」と何人かに尋ねたのですが、男の人は、みんな嘘をつきますね。だいたい五歳くらいはサバを読んでいると思って間違いありません。本当は七十歳くらいで終っているのに「七十五まで大丈夫だった」とか。でも嘘をついても、顔を見ているとわかるんですよ。それだけでは確信が持てないので、医師にも数人訊きまして、そこから平均値をはじき出しました。

昔「老と性」という随筆を書いたときに、永井荷風《かふう》の『断腸亭日乗』を詳しく調べたことがあります。

日記の上に「●」の印がついている日は、荷風がその日なさったということを示していると言われています。それを見ますと、最後は荷風七十九歳の時でした。それ以前は終戦の年とその翌年を除いて、毎年●がついておりますが、数え八十歳で亡くなる前の約二年間だけが、印がついていません。七十九歳で打ち止めだった。まあ、作家の日記というのは嘘だらけというのが定説ですから、本当かどうかわかりませんが、とにかく文章の上ではそうなっている。

このように肉体の恋はどうしても限界がありますが、心の恋に定年はありません。大岡越前守《えちぜんのかみ》に有名な話がありますね。女性は何歳まで恋するものなのか、義母に訊いたところ、義母は答えず、火鉢の灰に「の」の字を書いた。「灰になるまで」と。

私の友人に、城《じょう》夏子さんという詩人で小説家がおられました。六十八歳の時に自分から老人ホームに入って、九十二歳で亡くなりました。千葉県流山市にあるそのホームでの生活を、ユーモラスな随筆に書きまして、それが結構話題にもなりました。

めがねやハンドバッグや靴を全部エナメルでカラフルに塗って、最後まで派手にして暮らしていらっしゃいました。

恋をしないと老人は汚くなると言って、八十過ぎのころにホームの若い園丁《えんてい》と仲よくなりまして、この園丁のオートバイに乗せてもらってデートしたりしてたんですよ。あまり自慢するので、黒柳徹子さんと円地《えんち》文子《ふみこ》さんとで、その園丁を見に行こうとしたのですが、そのうちふられてしまったようで、見られずじまいに終りました。

恋をすると、おしゃれをするようになります。人は他人の視線を意識すると、背中に一本筋が通って、姿勢もよくなります。

それから、心にわだかまりを持たないことも大事です。

長寿の秘訣を、一九九五年に長寿日本一として有名になった哥川《うたがわ》スエさんの主治医、宇部温泉病院の梅崎博敏院長は、こうまとめていらっしゃいます。

「節度。礼儀正しさ。好き嫌いがはっきりしている。ストレスをためない気持ちが明るく、毎日エンジョイする天分」

「なぜ私はこんなに不幸なのだろうか」とか、「なぜうちの亭主は浮気をやめないのだろうか」とか、「なぜ隣の奥さんは、ミンクの毛皮が着られるのに、私はフェイクなんだろうか」とか、そういうわだかまりを捨てると、心に風が吹きます。

心に風が吹くと、病気も遠ざかり、豊かな老いを迎えられます。

宇野さんは、「長生きがしたい」と始終おっしゃっていられました。それはこの世に未練があるというよりは、もっと実際的な理由なんです。

「秋になると枯れ葉がはらはらと散るでしょう。長生きすると、あんなふうに舞いながら、自然に散れるような気がするの。若くして死ぬと、体が『死にたくない』と抵抗するから、苦しむような気がするの。だから長生きしたいわ」

この言葉のとおり、宇野さんは極めて穏やかな死を迎えました。ほんとうにご自分が望んだとおりの、理想的な死の形だったと思います。

新しいことに挑戦すること、おしゃれや恋を忘れないこと。このような気構えで生きれば、老いることは決して怖《おそ》れることではありません。歳をとるということは、何しろ人より経験がある、過ぎ去った日々に味わった経験を反芻《はんすう》して考えるだけでも、やはり若死にした人よりは豊かな生を生きているということになります。

老いることに誇りをもちましょう。そうすればきっと美しく老いて死ぬことができますよ。

第二章　祈りの力

なぜ出家したか

法話や講演で各地をまわっておりますと、いろんな質問を受けます。いつでも、どこに行っても訊かれるのが、「なぜ出家したのか」と「あの世はあるか」という二つのことです。あまりなんべんも訊かれるので、答えるのが嫌になったこともあるのですが、やはりみなさん関心を示されるので、結局話すことになります。

私は、三十四年前、五十一歳の時に出家しました。出家したときに、マスコミにいろいろ言われました。ある週刊誌などは、私の出家直後の写真を、表紙にばーんと載せて、一大特集を組みました。また別の週刊誌は、占い師をたくさん呼んで、瀬戸内がいつ尼をやめるか、還俗《げんぞく》するかを占わせる企画をやりました。「一カ月ももたない」「三カ月か」「いや一年は続く」なんて、みんな勝手なことを言ってました。

出家の理由についても、もう書けなくなったんだろう、仕事の注文が来なくなったんだろう、それからまた男に振られたんだろう、あるいは、捨ててきた娘がどこかで結婚したらしいけれども、その結婚式に呼んでくれなかったから拗《す》ねたんだ、とかですね、そんなことをもういろいろ、さまざまに書かれました。

しかしそれは、どれも当たっておりません。その当時私は、翌々年の連載まで決まっておりました。それから、毎月、仕事はほんとにしきれないぐらいたくさんありました。そして、男も、一人や二人はおりました。ですから困っていなかった。娘も結婚しましたけれども、その結婚式に呼んでもらえないのは当り前で、しかしお婿さんは、私が密かに探しました。

そういうことで、何も当たってないんですね。

当たってないんだけれども、人々がそのように揣摩《しま》臆測《おくそく》したがるのは、外から見ると、私は一見仕事も順調で、好きなように生きられて、なぜそこから逃れる必要があるのか、理解できなかったからでしょう。しかし、私の中では、やむにやまれぬ気持ちがそれ以前から高まっておりまして、いわばその必然的な結果として、出家に至ったのです。

私の母は五十歳の時、徳島の空襲で焼け死にました。母の年齢を超えて、私は自分がいよいよ晩年を迎えたのだ、という意識を強く持ちました。もうこの後は「余生」である。余生をどう生きるか、真剣に考えだしたのです。

さきほど仕事は順調だったと申しましたが、長年仕事をしていますと、もうどういうふうにすれば読まれる小説ができるか、こつを体が覚えてしまって、いくらでも書けるんですね。尾籠《びろう》な言葉ですけれども流行作家でして、毎日のように注文が来て、書けば書いただけ売れる、そんな状態でした。

それまでの私は、生きるということは、自分の中に隠れている可能性を最大限に引き出すことだと思っていました。私にとっての可能性とは、文学者としての可能性ですね。よい小説を書くために、私は文学以外のことをすべて捨て去って生きてきました。夫を捨て、子を捨て、恋人も捨て、ただひたすらに文学に打ち込んできました。

そしていよいよ目指していたものを得たときに、魔が差した、と申しましょうか。ふと、仕事場の窓から夜空を眺めていたときに、空《むな》しくなってしまったのです。

なぜ空しくなったか。私は努力して、ある程度名声も富も得たけれども（賞にはあまりめぐまれませんでしたけれども）、それらと失ったものを比べたら、いったい自分は何をしてきたのか、こんなもののために、自分は家庭を破壊し、子供を犠牲にし、いろんな人を傷つけてきたのか、と、そう思ってしまったのです。

世の中の人は、家族や親を養うため、嫌なことも我慢して、働いていらっしゃいますね。人生の目的、なんて大げさに考えなくとも、それはすでにそこにあるわけです。しかし、文学というわがままなご主人に仕えるために、他のことすべてを捨て去ってきた私には、文学である程度の望みが叶ってしまった後には、何も生きる目的が残されていなかった。

そのころ、三島由紀夫の割腹自殺と、川端康成の自殺が相次ぎました。私はもうずっと以前から自殺願望があって、この二人が亡くならなかったら、もしかしたら自殺していたかもしれないんですが、この二人が先に自殺したので、自分もやったら真似したかと思われてしゃくだと思いまして、それで自殺はやめました。それに夭折《ようせつ》ならかっこいいけれど、四十、五十歳を超えて自殺というのはみっともない。

さらに、私は自分の書くものに対して、世間の評価とは別に、一つの不満がありました。大きな思想とか、哲学が欠けている。歴史に残る作品を残した小説家や世界的文学者には、必ず大きな思想的背景、バックボーンがあります。私は当時、ここから先に進むには、どうしても自分を支えてくれる大きな枠組み、背骨のようなものが必要だと思っていたのです。

ではどうするか。その答えが出家だったのです。

出家とは何か

出家とは、「家を出る」と書きますね。家出と出家は似ています。私は二十六歳の時に家出をしています。その二十五年後に出家。字は似ているけれど、意味はだいぶ違います。

私が家出したのは、自分の可能性を見極めたい、もっと自分の生を生ききりたい、という欲求からでしたけど、出家とは、それとは反対に、生きながらにして死ぬことなんですね。それまでの自分をいったん殺して、新しい自分に生まれ変わる。私の場合は、瀬戸内晴美というのが戸籍名でしたから、それを戸籍から消して寂聴にしたことで、名実ともに生まれ変わったんです。

私、「晴美」という名前はお気に入りだったんです。なんだか宝塚女優の芸名みたいでしょう。でも、六十や七十になったおばあちゃんには似合わない名前だなあ、というのも、出家したかった理由の一つでした。誰にも言わなかったけど。

出版社は、名前を変えるのにはどこも反対でした。いろんな宣伝の手間や費用をかけて、やっと名前で売れるようになったのにそれを変えられたら本が売れなくなる、というんですね。

でも私は、それで本が売れなくなってもしょうがない、昔の私はぜんぶ死んだんだから、どうか変えさせてくれ、と言って押し通しました。だいぶ抵抗されました。

名前なんかどうだっていいんですよ。佐多稲子さんという作家がいらっしゃいました。佐多さんは、デビューしたときは窪川稲子さんという名前だったんです。ところが途中で窪川鶴次郎さんと離婚されて、名前を変えたんですね。

私などは「窪川稲子」の名前になじみがあったので、最初は違和感がぬぐえなかったんですけど、佐多稲子名の作品が増えていくにつれ、慣れてしまいました。今では教科書なんかも「佐多稲子」で載ってますでしょう？

私の場合も、今では昔の名前を知らない人も増えています。若い編集者の中には「瀬戸内さん、昔、瀬戸内晴美という作家がいたみたいですけど、ご存知ですか？　もしかしたら娘さんですか？」なんて訊いてくる人もいるんですよ！

全集も『瀬戸内寂聴全集』というタイトルで、過去の作品も一緒に入れましたから、そういう人が出てくるのも無理はないですね。それでいいんです。

出家とはまさにこのように、過去の自分と一緒に、いろんなしがらみを捨てて、新しく仏様の子として、おぎゃーと生まれ変わることなんですね。名前を変えるというのはそのためです。

寂聴という名前は、私を出家させてくださった今東光《こんとうこう》師からいただいた法名です。「聴」という字は、今東光師の法名「春聴」からいただいたものです。師匠の法名の一字をいただくのが、天台宗のしきたりです。聴を下さいと私からお願いしました。あと一字を何にするかが決まらなくて、今先生もしばらく悩まれていたようです。でもあるとき先生から電話をいただきまして、「今朝座禅を三時間ほどしていたら、『寂』という字が浮かんできた。寂聴はどうか」とおっしゃいます。伺った瞬間、すっかり気に入りました。そのときすでに、ずっと前から決まっていたような、なつかしい感じのする名前に思えたんですね。

出家者の法名は、そのまま戒名にもなります。みなさん、戒名というのは亡くなったときにいただくものだと思っていらっしゃるでしょう。本来、戒名というのは出家者に付ける名前のことで、私のように生前に出家した人は、亡くなったときに改めて付ける必要がないのですが、在家のまま亡くなった場合、お葬式を仏式でする場合は、戒名がいります。つまり死者を出家させてからお葬式をする。言い換えれば、死者の得度式（出家の式）がお葬式に当たるわけです。この世の名前（俗名）とは別に、あの世での名前を付けないと成仏できないんですね。そのために死んだらすぐ出家させる。そのために付けているのが現在の戒名なんです。

私の田舎の徳島では、男でも女でも亡くなるとたらいの中で湯灌《ゆかん》をして頭を剃《そ》りました。そしてその後に戒名が授けられる。つまり出家させるんですね。浄土宗系ではちょっと違いますけれども、それ以外の宗派ではだいたい同じ発想で戒名を付けます。

ですから私がもし今日死んでも、戒名は改めて付ける必要がないんです。これ、いいでしょう? お葬式のときは誰でも気が動転しています。やることもたくさんあって忙しいです。そんなときに日ごろおつきあいのないお坊さんから「これでどうか」と突然示されても、いいのかわるいのか判断できないじゃないですか。後から「ああ、別のにしておけばよかった」と思っても変えられないですしね。

ですから私は、生きているうちに受戒し、戒名をいただいておくことをおすすめしています。在家出家(得度)とか、生前戒名(在家受戒)とか言われるもので、在家のまま戒名をいただけます。準備しないで死ぬとお子さんや家族の方がいろいろ大変ですからね。生きているうちに、お坊さんといろいろ相談なさって、自分の納得のいく戒名をつけていただくのがいいと思いますよ。

ともあれ、出家して何が変わったかといいますと、非常に生きるのが楽になりました。それまで私は、いろんな悪いことをしてきまして、まあ、人殺しと刑務所に入ること以外はたいていやってきた。盗みも、物は盗んでいませんけど、他人の夫を盗みましたしね。そうやって好き放題に生きてきたんですけど、心は何をやっても満たされない、いつも何かに追い立てられるような不安定な気持ちだった。

ところが出家をして、仏様の子供として生まれ変わると、もうどこへ行って、何をしていても怖くない。例えば法話で何か失敗したとしますでしょう。それもまた仏様のお計らいです。反対に、大成功しても、それもまた仏様のお計らいなんです。私がどこへ行って何をしていても、仏様は全部見ていらっしゃる。そのように、すべてを仏様にお預けする、お任せすると、生きるのが楽になって、毎日がとても楽しくなりました。

「南無観世音菩薩」「南無阿弥陀仏」「南無妙法蓮華経」……など、お経には、「南無」から始まることばをよく見ますね。「南無」というのはサンスクリット語の「ナアム」から来てまして、「私は身も心もあなたに任せます」という意味なんです。何かを信じる、ということは、何か大きな存在にすべてをまかせる、ということなのですね。任せきる心、それが私を救ってくれたのです。

出家まで

出家したのは五十一歳の時ですが、その願望は、四十代からありました。実のところ、最初は仏教でなくともよかったのです。

富士山の頂に登るのに、河口湖口とか吉田口とか、いろいろな登り口があります。でもどこから登っても、最後は同じ頂上に着きます。さまざまな宗教の違いというのは、そのようなものだと思うのです。世界にはいろいろ宗教があります。仏教の他にもキリスト教、ユダヤ教、イスラム教、ヒンズー教などがあり、仏教の中にも、いろんな宗派があります。

でも行き着く先は同じだと思うのです。人間はなぜ生きているのか、どうすれば幸せに生きられるのか、どう老い、どう死をむかえるべきなのか。取り組む課題は、どの宗教もそんなに変わりません。

私は大学がキリスト教系でしたから、キリスト教にも関心がありました。あるとき遠藤周作さんを通じて、遠藤さんの親友の井上洋治神父さま——パリで非常に厳しい行をしてこられた立派な方です——を紹介してもらって、聖書の勉強をさせていただいたこともありました。

井上神父さまには大変よくしていただいたのですが、でもそのうち何か違和感を感じたのですね。どこがどうと具体的に言えないのですが、この身にしっくりこない。

それで悩んだ末、遠藤さんと井上神父さまに正直に相談したんです。「大変恐縮なんですが、どうも私はキリスト教には向いてないように思うんです。仏教の方がいい気がします」と。

怒られるかと思ってびくびくしながらだったんですが、お二人は、「そのようですね」

とすぐ了解してくださいました。気のすむようにしてごらん、と。

北鎌倉の東慶寺に、田村俊子のお墓があります。私は第一回田村俊子賞をいただいた記念に桜の木を二本植えました。俊子賞の授賞式は毎年、このお寺であったんです。一九七〇年の授賞式、私は武田泰淳《たいじゅん》さんと訪ねました。当時の住職は、井上禅定さんという方です。人に相談したのはそのときが初めてですね。「私、出家したいんです。そのことでご相談にのっていただきたいんです」と井上禅定さんに持ちかけたんです。

でも本気じゃないと思われたんでしょうか。その後、いつお話ししても、「そうだなあ、まあ、そのうちに」とか、「終《つい》の栖《すみか》の件については、またそのうちに」とか、要領を得ないんです。

そこまで何度も言われると、いかに鈍い私でも気づきます。「ははあ、これは断られてるんだな」と。次に京都大覚寺の味岡良戒大僧正にもご相談しましたが、こちらもはかばかしくない。

私は思い立ったらすぐ行動に移さないと気が済まない性分で、もうすぐにでも出家したかったんです。それでこれは埒《らち》が明かない、いったいどうしたらいいだろうと思い悩んでいるうち、はっと思いついたんですね、同じ作家で、何度か一緒に旅行したこともある今東光さんがお坊さんでいらっしゃる。今先生なら、すぐ出家させてくれるんじゃないかと。

今先生は、若い頃上京して「文藝春秋」の創刊に参加し、二十七歳で作家としてデビューします。しかし菊池寛と喧嘩して、文壇を放逐されて出家し、二十数年後、直木賞を受賞した『お吟さま』で復帰するまで、文壇から離れていらっしゃった。今先生なら、私の気持ちをわかってくれるのではないか。特に成算があったわけではないのですが、私はもう、いてもたってもいられない気持ちで連絡をとったのです。来ていいというので、東京の仕事場に伺いますと、雑然とした部屋の中で、今先生は仕事着のトレーナー姿でお仕事中でした。私は改まって手をついて、「今日は実はお願いがあってまいりました」と言いました。先生はしばらく黙っていらっしゃいましたが、奥さまに、「いいお香をたいてあげなさい」とお命じになり、奥さまがお線香を先生と私の座っている机の上に立ててくださいました。いい匂いが漂いました。

「ここは仕事場で線香しかないが、これは伽羅《きゃら》で一番いい線香だよ。お香をたくとはこの部屋を清めるということだ。さあ、ここは清浄になった。何でも話しなさい」

とおっしゃいました。私は手をついたまま、

「出家させていただきたくまいりました」

と申し上げました。

今先生はしばらく黙っていて、

「急ぐんだね」

とおっしゃいました。私はびっくりして思わず、「はい」と答えました。

「お前さん、それで下半身はどうする？」

「断ちます」

「頭はどうする？」

「剃ります」

「剃らなくともいいんだよ」

「はい、でも剃ります」

「わかった」

そして、すぐ予定表を取り寄せて「九月十三日はどうか」と。お伺いしたのは八月二十四日ごろですから、ほんとうにすぐです。私は急ぐとはお願いしていましたけど、翌年くらいと思っていたんです。いろいろと準備もありますから、いくらなんでも三週間後では早すぎる。「もう少しご猶予を」と申しました。日程は改めて調整することになりました。

次に今先生は、「お前さん、実家の宗派はどこだ」と尋ねられました。

「真宗でございます」

「俺は天台宗だけど、天台宗がどういう宗派か知ってるか」

私はもうどこでもいいから出家したい、という一心で、その時仏教についても、天台宗についても、宗祖が伝教大師最澄であること以外は、専門的なことは、殆ど何も知らなかったのです。今思うと、自分でもよく出家したものだと思います。

「あまりよく存じません。でも、仏教の総合大学のような宗派だと思います。宗祖は伝教大師最澄さま」

浄土宗の宗祖法然も、その弟子で浄土真宗を開いた親鸞も、曹洞宗を開いた道元禅師も、みんな比叡山で修行して悟りを開いております。岡本かの子など、仏教に縁のある人物の伝記小説を書いたり、『源氏物語』を何度か訳したときに、多少勉強しましたから、それだけは知っていたんですね。今先生は、

「それだけわかっていればよろしい」

と認めてくださいました。つまり口頭試問だったのです。九月に入ってもう一度お会いする機会があり、日程を決めました。

「十一月十四日はどうだ」

私はもうこれを断ったら、出家できないのではないかと心配で、夢中で、「お願いいたします」と答えていました。

頭髪については、今先生は「剃らなくともいい」とおっしゃいましたが、私は自分が弱い人間であるという自覚があったので、形から入らないとだめだと思いました。出家した後もいままで通りの姿でいたのでは、たぶん自分の気持ちも切り替わらない。それでは出家した意味がありません。だから「剃ります」と即答しました。

今先生は、「なぜ出家するのか」とか「出家してその後どうするのか」とか、普通の人

が質問するようなことは、一切問われませんでした。ただ、

「お前さんは、作家なのだから、出家してもペンを捨てず、死ぬまで書き続けろ」

「坊主とつきあうな、寺を持つな」

という二つのことを注意されただけです。今先生はそのとき奥州・中尊寺の貫首《かんじゅ》を務めていらしたので、私の得度式は中尊寺で行われることになりました。

しかし、その後先生はガンで倒れられ、私の得度式に出られなくなりました。出家するには戒師といって、戒律を授けてくださる師が必要です。それを今先生が務めてくださるはずだったのですが、病気でできなくなってしまった。そこで代わりの戒師を、上野寛永寺の杉谷義周管長が務めてくださることになりました。私は正直言って、心細くてどうしようかと思いましたが、今先生のところへお見舞いに伺いますと、

「得度式に出られなくて悪いことをした。しかし、私の代わりに、私よりもっと偉い方を戒師にお願いしたから、安心してお任せしなさい。私はお前さんの得度の時間、ベッドに座ってずっと祈っているからね」

とおっしゃってくださいました。そして不安がる私に、

「お前さんは作家なのだから、式の事前の準備やリハーサルは要らない。いきなり式に臨む方が感動がよけい身に沁《し》みるよ」

と助言されました。

このようなわけで、私は殆どまっさらな状態で得度式を迎えたのです。中尊寺も初めてでした。前日、出発の直前まで原稿の締め切りがあって、ぎりぎりに仕事場を出てタクシーに乗ったら、列車の切符を置き忘れておりまして、急遽、秘書に届けてもらったくらいで、そんな慌ただしい中で中尊寺へ着きました。

そうしたら、どこでどう漏れたのか、新聞社やらテレビ局やらがたくさん門の前に待機しているんです。実は今先生に、出家を報告する記者会見を開いたらどうか、と言われて、上野寛永寺のお部屋までとっていただいたんですが、プライベートなことなので、私はお断りしていたのです。マスコミには、作家として日ごろお世話にはなっていますが、出家するのは私の作品とは無関係ですから、得度式は誰にも知られず、ひっそりと厳粛に迎えたかった。しかし、来てしまったものは仕方ありません。

十一月十四日、得度式当日は朝六時に起きて、まず湯浴みをして体を清めます。十時になると、本堂に入りました。両側に私の姉と友人数人が座っています。上野や比叡山からは、戒師以外の高僧が数人列席されております。本堂には、カメラマンがたくさん入り込んでおりまして、ぱしゃぱしゃ撮っておりましたが、もう私はそんなことが気にならない心境になっておりました。

本堂に入りましたら、杉谷義周大僧正の息子さんの義純さんが、現場の指示をする教師を務めてくださいまして、もう何もかも教師のご指示のまま、何も考えずに動きました。

まず、五体投地礼をします。そして、あちらで礼拝、こちらでお経を誦《よ》むという具合に、言われる通りにしました。誦むと言っても、その時私は般若心経以外のお経は知りませんでしたので、ひたすら教師の口まねです。

一通り儀式が終りますと、剃髪《ていはつ》に移ります。日本剃刀《かみそり》に金銀の水引きをかけたものが置いてありまして、戒師が私の頭の右、左、中央と順番に刃をあてます。そこで剃るのかと思ったのですが、それは形だけで、廊下を渡った別の部屋に案内されました。小さな机があって、白い布がかけてあります。

入り口に若い女性が待っていて、その人が私の顔を見るなり、

「もしかして、瀬戸内さんじゃないですか？」

と愕《おどろ》いているんです。その女の子はふもとの床屋の娘さんで、いつもはお父さんが剃髪をするらしいのですが、今日は尼さんだからお前が行けと言われて来たらしいんです。娘さんが取り出したのはバリカンです。私は昔から器量はともかく髪はきれいで、それが自慢だったんです。当時も背中くらいまでありまして、斬るのも一苦労です。その床屋さんは、たぶんあまりお客がいなかったのではないでしょうか。バリカンが錆びていたようで、髪にあてるたびに、かなり痛かったです。

その間中、本堂からは壁越しに、なんともいえない美しい男の声が絶えず聞こえていました。天台声明《しょうみょう》の本山である比叡山から、この日のために声明の大家が何人もかけつけ

てくださったんです。声明の歌い手のことを「唄師《ばいし》」といい、この時唄っていたのは、「伽陀《かだ》」という仏様を賛美する四句詩だと知ったのは、出家してだいぶ後のことで、その時はああ、いい調べだなあとだけ感じておりました。

剃髪の間は、特別の唄が唄われます。これも後で知ったことですが、「毀形唄《きぎょうばい》」という名前がついております。つまりそれまでの自分をいったんたき毀《こわ》して、新しい自分に生まれ変わる、それが剃髪であり、出家なのですね。

バリカンが終ると、剃刀をあてまして、しばらくしてすっかりきれいになりました。傍《かたわ》らで泣き続けた姉が鏡を差し出してくれました。初めて髪を落とした自分を見ました。まるで少年みたいな自分が見えました。私は、ああ、これで出家できた、とほっとしました。

こうして無事出家しまして、さっそく病院の今先生のところへ報告に参りました。すると先生は開口一番、

「いいお姿になって、おめでとう」

とおっしゃる。それまで私の坊主姿を見た人は、姉を始めとして泣いたり、絶句するような方が殆どだったものですから、その力強い言葉が大変新鮮に聞こえました。

そして、

「お前さんは小説家なんだから、字が読めるだろう？　だからいちいち教えてやる暇がないから、勝手に勉強しろ」

とも言われました。私は長居しては疲れさせると思ってすぐ失礼しようとしたのですが、その後ろ姿に向かって、

「寂聴さんや」

と初めて私の法名を呼んでくださいました。そして、

「これからは、独りを慎むんだよ」

という言葉をかけられたのです。

今先生は奔放な青春時代を送り、文壇に復帰し、参議院議員になった後も、何かといえば「ばかやろう」などと啖呵《たんか》を切って、しょっちゅう問題を引き起こしていた方なんですね。その方が「慎め」と言うのは、まったく先生に似つかわしくない言葉で、私は思わず振り返って、先生のお顔をじっと眺めてしまいました。すると先生は、

「出家したのだから、独りを慎みなさい。すべて仏様がご覧になっている」

と、言い直されたのです。

つまり、出家して、仏様の前に自分を投げ出したということは、それ以後、どこへ行って何をしても、トイレへ行っても、何を食べていても、仏様がご覧になっている。陰でこそ悪いことはできないぞ、という教えなんです。

なんだか当り前のことに聞こえるかもしれませんが、その後いろいろな経験をしていくうちに、私はこれが非常に重い言葉であるということがわかりました。私たち人間はいろ

いろ悪いことをしますが、それはたいてい誰も見ていないからするのですね。誰も見ていないと思って賄賂《わいろ》をもらい、誰も見ていないと思って不倫をし、そして結局自分の悪業に足を掬《すく》われて苦しむのです。

ところが出家したり洗礼を受けたりしますと、もうそれ以後は仏や神が、常に自分を見ているという畏《おそ》れを感じるようになります。世界中の人がそのような畏れを感じるようになれば、犯罪や戦争はなくなるはずです。つまり「独りを慎む」というのは、仏教だけではなく、宗教の核心に触れた一言なのですね。

今先生が私に直接教えてくれたのは、結局その一言ですが、私はそれ以来、それを師僧の教えとして守ってきました。私はそれまでもそれ以後も、いろいろな人に、ずいぶんいろんなことを書かれたり、中傷されたりしましたけれども、そういうことがあっても、前と違って私は少しも動揺しませんでした。私は独りを慎んでいる。わからない人がいても、それは相手が悪いのであって、自分は悪くない。仏様がすべてを見ていてくださる。そういう確信を持てたことで、私は何にも揺るがない境地を手に入れたのです。

修行と天台寺晋山

こうして私は尼僧になれたのですが、まだお経もうまくあげられません。試しにあげてみたら、あまりにも下手なので、知人に失笑されてしまうほどです。それに法衣姿に自分でもなじめなくて、外を出歩くのがちょっと気恥ずかしいのですね。

　また今先生にお会いすると、思いもかけぬことに話が展開しました。比叡山へ、修行に出よというのです。比叡山で修行をしないと、住職になる資格が得られないからです。

「でも、坊主とつきあうな、寺を持つなとおっしゃったじゃありませんか。それなら、修行しなくともいいのではないですか」

「うるさい、弟子は師僧の言うことを黙って聞くもんだ」

　というわけで修行に行くことになりました。私は自分があまりにも無知で、このままではまずいと思いましたので、京都・大原にある実光院というお寺に、お経と声明を習いにいくことにしました。住職の天納傳中《あまのでんちゅう》師が、天台声明で日本一と言われる中山玄雄師の高弟として著名な方だったからです。

　そのころ私は、京都の上高野《かみたかの》というところに仮寓《かぐう》を構えていまして、実光院へは車で十分もかからないのです。でも、その年はとても寒くて、週にいっぺん伺うと、まるで計ったかのように大雪が降る。大変な思いをしてたどりつくと、体が凍えきっていてとても稽古にならないのですね。

「寒いですね。般若湯《はんにゃとう》でもいかがですか？」

　般若湯というのはお酒のことです。私は若い頃、お酒がとても強くて、「文壇酒豪番付の西の大関」といわれていましたし、天納師はとても趣味が広く、旅行や音楽にも造詣が深く、話が面白いんです。奥さまもとても楽しい方で、毎回、すっかりいい気持ちになってくつろぐようになってしまいました。

しかしそのように楽しいので、あまり稽古にならず、私は今度も何の予備知識もなく、四月からの二カ月の比叡山の行に飛び込みました。比叡山の横川《よかわ》にある行院は、修行の厳しさで知られ、一、比叡山、二、高野山、三、恐山と並び称せられているそうです。

私は根が楽天的で天の邪鬼な上、好奇心が強いので、かえって厳しいと定評の行に興味を持ちました。しかし、入ってみたら、確かに聞きしに勝る荒行の連続で、大変難儀しました。初めの一カ月は顕教、次の一カ月は密教の修行です。

最初の日、時間ぎりぎりに飛び込むと、行監という先生から、まず一喝されます。

「地上でどういう地位か知らないが、ここでは一切、そんなものは斟酌《しんしゃく》しないからそう思え」

その時もマスコミがわんさと来ていて、記者会見を開かされましたから、私に向かって言っているのですね。名指しされたわけではないのですが、そう察せられました。

同級生は四十数人いまして、そのうち五人が尼僧です。そして私以外の殆どは、お寺の跡取りで、子供の頃からお経を身近で毎日聞いているような若者ばかり。私は何にも経験がないものですから、ハンデがあるのです。

初日から、勤行《ごんぎょう》がありまして、お経を誦むのですが、他の院生は最初から上手です。私は最初はひたすら、まわりの真似をして、口をぱくぱく開けて、誦む真似をするだけです。翌日は、三塔巡拝と言いまして、山道を三十キロ走る行をします。これがまた大変で、私は女学校時代陸上の選手をしていましたから、足腰には少しは自信があったのですが、途中でまったく足が上がらなくなりまして、遅れに遅れて、同級生に迷惑をかけました。

その翌日の体の痛むこと。階段を上るのも、正座をするのも大変な苦痛です。しかし、毎日繰り返している間に、そんな苦痛にもいつか慣れてきて、お経もまわりの真似をしているだけだったのが、いつのまにかうまくはないにしろ、なんとか一通り唱えられるようになってくる。

もっともきつかったのが、五体投地礼です。最初は三千仏礼拝といって、三千回。その後は毎日五百回やります。終ると、腰が抜けて立てなくなりました。

早朝五時半から夜九時までびっしりと授業や修行がありまして、息をつく間もないハードスケジュールで、無我夢中で一カ月が過ぎました。後半の密教修行に入ると、午前二時に起きて冷水をかぶり、五百メートルほど離れた泉から水を汲み、一日三回、護摩を焚きます。髭も髪も爪も切らないので、このころになるとみな、野獣のような外見になってきます。

こうして修行を終えまして、その成果があったかというと、その時ははっきりはわかりませんでした。仏が見えるとか、自分が仏になるとか、そういった感覚が芽生えたわけではありません。

しかし、二カ月間、テレビも見ず、ラジオも聴かない生活をしたというのは、私にとってはとても新鮮で、終ってみると大変楽しい体験でした。やるべきことをやった、と思って、それからは法衣を着て町を歩いていても、恥ずかしくなくなりました。

行院で一番の思い出は、毎晩の裁縫です。毎日荒行をしていますと、衣がどんどん破れるんです。それで私は、自分の子供のような行院生たちに、「衣が破れたままでは困るでしょう。私の部屋のふすまの外に置いておけば、朝までに縫ってあげるから」と軽い気持ちで言ったんです。

そうしたら、ふとふすまを開けると、衣が山のように積んである。男の子が殆ど全員来たんですね。私はしまったと後悔しましたけど、これもまた修行だと思って、毎晩消灯時間後に、押し入れに懐中電灯を持ち込んで、全部縫ってあげました。それが毎日続きました。

二カ月の行が終って、反省会が開かれました。すると、行院生の中でも一番乱暴でわがままだったお坊さんが、すっと立ち上がって、

「僕は瀬戸内さんに懺悔《さんげ》しなければいけないことがあります。僕たちは学校で裁縫を習っていて、実は自分で破れをかがるくらいはできるんです。でも、寂聴さんが縫ってくれるというので、お母さんに甘えるような気持ちで、ついお願いしてしまいました。毎晩毎晩、

苦労させてごめんなさい。でも、毎朝修行に励む前に、縫ってもらった衣に袖を通せて、とっても心が温かくなりました」

一人が言い終ると、次から次へと皆が立ち上がって「ごめんなさい」「ありがとう」と言ってくださいました。その時私は、この子たちと一緒に苦労ができて、ほんとうによかったなとしみじみ思いました。

その時の行院生たちとは、結婚式によばれたり、子供の名前を頼まれて付けたりと、今もつきあいが続いております。

こうして肉体的にはつらいこともありましたけれども、比叡山での修行は、今では大変いい思い出になっております。

「お前は悪いこともたくさんしたが、いいこともしたから、特別に今一度娑婆《しゃば》に帰してやる」

と、もし死後に閻魔《えんま》様に言われたら、私は迷わず、横川の修行の場に帰してください、とお願いすると思います。

天台寺とのなれそめ

仏教には摩訶《まか》不思議という言葉がございます。「摩訶」というのはサンスクリット語で「非常に大きな」という意味で、「般若心経」の「摩訶般若波羅蜜」にも使われていますね。

非常に不思議、極めて不思議、というのが「摩訶不思議」です。

仏縁に導かれて生きておりますと、思ってもみなかったような出逢いや不思議に恵まれます。

天台寺との出逢いも、私にとっては摩訶不思議ともいうべきご縁と成り行きによるものでした。

私は、今先生の「坊主とつきあうな、寺を持つな」という教えもあって、どこかのお寺に所属したりはせずに、京都の寂庵も、単立寺院とさせてもらったのです。

「私は非常に口の悪い物書きで、普段から何でも自由に思ったことを書いているので、いつ筆禍事件や舌禍事件をおこさないとも限りません。そのとき天台宗にご迷惑をおかけしてしまうといけませんから、私は単立寺院で、何かあってもその全責任は私が負うという形にさせてください」

と、当時の山田恵諦《えたい》・第二五三世天台座主《ざす》に直接お願いしました。すると山田座主は笑って許してくださったのですね。

しかし、しばらくしますと、岩手県と青森県の県境にある天台寺という古いお寺の住職にならないか、という話が降ってきました。

比叡山延暦寺一山建立院の叡南覚範《えなみかくはん》住職に伴われて、天台寺のある岩手県浄法寺町（現・二戸市浄法寺町）の山本均町長がいらしたのは、一九八七年の十一月のことでした。

山本町長は、当時日本一若い町長で、とてもいい男なんです。私は面食いですから、無下に帰すわけにもいきません。とりあえず話だけお伺いして、帰っていただこうとしたんです。

天台寺というのは、中尊寺の傘下の寺院で、そのとき私は知らなかったのですが、奈良時代に建立されたといわれる（実際には平安時代だと思いますが）古いお寺なのです。ところが長い間にいろいろな経緯があって荒れ果ててしまった。今先生が住職になって復興しようとなさったのですが、亡くなり、果たせなかった。そこでぜひ私に住職になって復興を引き継いで欲しい、というのです。

政治家というのは皆そうですが、口がうまいのですね。

「町中で寂聴さんをお待ちしております。私たちにできることはなんでもしますから、どうかいらしてください」

と、それは熱心に口説きにかかるのです。

私は尼僧になり、庵《いおり》を結んだとは言っても、まだまだ自分は未熟であると自覚していましたから、とてもそんな由緒あるお寺の住職は無理だと思って、丁重にお断りしました。しつこい町長も、最後はさすがに根負けして、引き下がりました。

そして門のところまでお送りして、今にも引き揚げる、という時です。私ははっと思い出して、

「そういえば今日は十一月十四日で、私の得度記念日でして……」

と口に出してしまったのです。

そしたら山本町長は表情をぱっと輝かせて、

「これも仏縁ではないですか！　ぜひお引き受けを」

とまたもや口説きにかかったのです。

私も思いこみやすいものですから、確かにこの偶然は、仏縁のなせるわざかもしれないと思ってしまったのですね。結局引き受けてしまいました。

何はともかく、現地を見てみないと始まりません。私は天台寺も、浄法寺町も、行ったことも見たこともないし、東北地方にも、まったく土地勘がありませんでした。そこで、お寺に行かせてください、とお願いしました。

すると、

「いえ、十一月のお寺は、雪がたくさん積もってとても登れません。春にならないと……」

私はそんなに雪深いところに住んだことがありませんから、想像もつかなかったんです。そこで三月の三十一日まで待ってから、浄法寺町へ行きました。

行ってみたら、町中が本当に雪に埋まって、真っ白でした。山も、私の背よりずっと高い雪が積もっていて、町の人が事前に道を雪かきしてくれていましたので何とか登れましたが、そうでなければとてもたどり着けないような険しい山道なのです。

そのとき、雪で覆われていたのが、後から思えばよかったのですね。雪深いので、あまりお寺の荒れた様子がわからなかったのです。

まず、仏様にお祈りしようと、お堂に入ってみました。お寺には御器《ごき》といいまして、いろんな金属の器が置いてあります。普通は真鍮で、金色をしているのですが、天台寺のお堂の御器は、なぜか渋柿のような色をしているのです。私はさすがに南部鉄の産地だ、御器も鉄で作るのだな、さぞかし立派な鉄を使っているに違いないと思い、うやうやしく手にとってみたのです。すると、何のことはない、寂庵のそれと同じ真鍮で、ただ長い間磨いていないからさびてしまっただけなのです。

次に線香立てをもってきて、線香を入れようとしましたら、立たない。もう長い間線香をあげる人がいなかったので、灰が固まって石のようになってしまったのです。とんかちでとんとん叩いてやっと入りましたけど、改めてお堂の中を見ると、殆どのふすまはどこかしらが破れて、そこらじゅうに蜘蛛の巣が張って、見たこともないようなひどい状態なのです。お堂の横には庫裏《くり》がありまして、そこも見せていただきましたが、畳もふすまもいつ換えたかと思われるほど傷んで、桟がなくなっているものもあるほど。私は思わず、

「ここに、私が来るんですか」

と訊いてしまいました。すると町長さんは、

「ええ、できれば住んでください」

「それは無理です」

「ひと月に一度でもいいですから……」

これは大変なことになった、と思いましたが、ご本尊を拝ましていただいたら、とてもすばらしい仏像だったのです。神奈川県伊勢原市にある宝城坊の薬師三尊像や横浜市にある弘明寺の十一面観音像と同じ、鉈彫《なたぼ》りという手法で彫られた聖観音立像で、私はそのお姿を拝んだときに、ああ、もしかしたらこの観音様に呼ばれたのかな、と思ってしまったんです。

本堂を出て境内の真ん中に立ちましたら、何ともいえないすがすがしい空気にさっと包まれて、私はとてもいい気分になりました。この山には何か尊いものがいらして、その霊気が私に今吹きよせてきている、と確かに感じられたのです。

もしこの機を逃したら、私は大いなる仏縁を失ってしまうかもしれない。今は誰にも面倒を見てもらっていないひどい状態だけれども、私が手をかければ、少なくとも今よりはよくなる。そうしなければならない、なぜかそう思えてしまったのです。

晋山から法話まで

しかし実際に晋山（赴任）してみますと、美男の町長さんは嘘をついていたんですね。

町中で歓待しますというのはリップサービスで、もう殆どの人が白い目で見るんです。

「京都で食い詰めた尼さんが、賽銭《さいせん》目当てでやってきやがって」

なんて、私の面前で言うんですよ。きつい東北弁なので、詳しくはわからないのですけれど、歓迎されていないことは雰囲気でわかります。

「どうせすぐ、逃げて帰るよ」

とささやいている人もいる。私は負けず嫌いですから、

「何を言うか、絶対逃げてなどやらないぞ」

とますます決心が強まりました。

まずは、修繕のための資金が要ります。ところが天台寺は檀家が二十六軒しかなく、一銭も出せないというのです。仕方がないから私は自腹を切りました。自分を抵当に入れて、当時のお金で一千万円を銀行から借りました。だんだん雪が解けて、改めて見ると、みすぼらしい寺であることがさらにわかってきます。かつてその山は、古代からの巨大な杉の木に覆われていたのですが、何代か前の住職が、地元の悪い業者に騙されて、大事な霊木を千三百本も切られて売り飛ばされてしまったのです。木々のない山なんて味気ないですよね。そのために参観者が減り、荒れ果ててしまったのです。春になって雪が解けたあとで見ると、なんとも殺伐とした景色が広がっています。何とかしなければ、という気持ちが高まってまいりました。

お寺というのは、賑わっていないとだめです。ですからお寺を復興するには、まずは多くの人に集まってもらうことです。そこで考えたのは、私は昔から講演が得意で、どこでもよく人が集まるんですね。だから法話という形でお話をすれば、人が集まってくれるのではないかと思ったのです。最低でも百人くらいは来るだろうと思って、一回試しにやってみましたら、なんと初めから千人もの人が集まったのです。これにはびっくりしました。

山の上の決して大きくないお寺ですから、千人も集まると、お堂に入りきれませんし、お堂も床がぼろぼろなので、畳や床が抜けて、いつ大事故にならないとも限りません。そこで私が霊気を感じた境内の石畳にござを敷いて、「青空説法」と称して毎月一回法話をすることにしました。アイデア一つで、欠陥や弱点も長所や美点になるのですね。

初めから人がたくさん集まったのも、それまで私がおっちょこちょいで、いろいろ世の中を騒がせることをやってきたことが、プラスに働いたのだと思います。瀬戸内寂聴が今度は東北のお寺に行って、大変苦労しているらしい、また面白いことになるかもしれないということで、頼みもしないのにマスコミがたくさんやってきて、報道してくれるんです。得度式の時といい、私は別に好んでとりあげられようとは思っていないのですけれど、この時はありがたかった。人間、長く生きていると、何が得で何が損になるかわかったものではありませんね。ある人がこの報道による経済効果を計算したら、結構な金額になったらしいです。それくらい効果がありました。

法話も説法も私はそれまで経験はなかったのです。でもそのころはもう必死ですから、いつもの講演で話しているようなことに、ちょっぴり仏教の話を混ぜたり、あとはいろいろな方が私のところに人生相談に見えますので、そのお話をしたりして、何とか来た人に楽しんでもらおうと、それだけを祈って勤めました。

それが回を重ねるごとに、評判が評判を呼びまして、人口五千の町に、少ない時で三、四千人、多い時で一万五千人もの人が集まってくださいました。北は北海道から、南は沖縄まで、さらには、遠くアメリカやフランス、インドからもいらっしゃいます。言葉はわかるんですか？　と訊いてみたら、

「全然わからないけど、聞いているだけで楽しくなる」

とお答えになる。

そんなふうに続けているうちに、今では天台寺といえば寂聴さんのいるお寺、と全国的、全世界的に有名になりました。普段の参観者も増えましたし、麓《ふもと》の町も観光客が増えて、お店も繁盛するようになりました。

お寺に到る参道、それから橋の整備も、私が行政に掛け合って実現しました。お堂も境内もあちこち直して、すっかりきれいになりました。

そうして今年、無事晋山二十周年を迎えることができました。この足かけ二十年間、私は町からも寺からも檀家からも、一銭ももらわずにやってきました。檀家は私が晋山して

から一軒増えましたが、その方からも一銭ももらってません。

必要なお金、それに布団から家具まで必要なものはすべて私の持ち出しです。トラックに積んで京都から運びました。何台分にもなりました。私は相手の写真も見ないで見合いをし、結納金ももらわないで持参金を持って嫁に来たようなものじゃないかと笑いました。

「ここの檀家は天下一けちで、お金を一銭もくれません」

と法話でよく言うんですけど、檀家の方はお金は出しませんけどござを敷いたりはしてくれます。最初はあまりうちとけなかったのですが、だんだんおつきあいしているうちに仲良くなりまして、今はもう身内のようなものです。

住職がきちんと赴任してくれた、ということで安心されたのか、私が晋山してから、お年寄りがよく亡くなるのです。亡くなるたびに戒名をつけたり、お葬式をしたりしなければいけません。当り前のことですけれども、私はそのことをすっかり忘れていたのです。最初はともかく、天台宗からマニュアルを取り寄せまして、徹夜でお経を暗唱し、式の挙げ方を予習しました。「よくやっとるけど、お経は下手だなあ。あんなので仏様が浮かばれるのだろうか」という声も聞こえてきましたけど、なんとか勤めさせていただきました。でも、葬式だけは最後まで苦手でしたね。今は私よりも若くてもっと徳の高いお坊さん（菅野澄順《かんのちょうじゅん》師）に住職を替わってもらいまして、私は名誉住職に退き、ほっとしているところです。

このように、一口に二十年といっても、いろいろなことがありました。なぜ飽きっぽい私が、これほど長く続けられたか、と考えると、私はこれも仏縁じゃないかと思うんです。何しろ私は天台寺へ伺うときは病気をしたことがないんです。

それから、青空説法は、屋外でやりますから、晴れじゃないと困るのです。しかし、今まで一度も雨や雪が降ったことがないのです。

朝のうち小雨がぱらついていたりしても、私が一言「えいっ」と喝を入れると、さっと晴れ上がるのです。摩訶不思議です。

私は浄法寺町や檀家さんたちによばれたのではない。仏様によばれたのだ。だからこそ、これまで続けてこられたのだ、と私は信じています。

仏教ブーム

実はいま、日本は空前の仏教ブームと言われております。般若心経の本ひとつとっても、もう誰が出しても売れる、と言われるような状況です。

一九八八年に私は、『寂聴　般若心経――生きるとは』（現在は中公文庫）という本を出しました。京都の寂庵で、一年間にわたってお話した法話を元にした本で、仏教の研究者や専門家以外の著者が一冊まるごと般若心経を講じる、というのはおそらくこの本が初めてだったと思います。これが売れに売れまして、その後類書がたくさん出ました。九〇年に『寂聴　観音経——愛とは』（同中公文庫）という本を出しましたら、これも売れました。

いまもお経やお寺の本や雑誌が毎週のように出版されて、どれも好調のようです。出版不況で、みなさん本を読まなくなったと言われて久しいのに、仏教関係だけは別なんです。

このところ京都のお寺も、参観者が引きも切らず、観光シーズンには立錐《りっすい》の余地もないほどです。天台寺の「青空説法」と同じような法話の会が、各地のお寺で盛んになりまして、どこでもたくさん人を集めています。写経も大変流行《はや》っています。

なぜ、いま「仏教ブーム」なのでしょうか。実は仏教がこのように流行るのは、今に始まったことではありません。私は『かの子撩乱』という岡本かの子の評伝を書きました。岡本かの子は小説家、歌人、仏教研究家で、若い人には岡本太郎さんのお母さんといった方が通りがいいかもしれません。

かの子が仏教研究家として講演、ラジオ出演、執筆で華々しく活躍していた昭和初期も、日本は仏教ブーム、私は仏教ルネッサンスと呼んでおりますけれども、そんな時代でした。

昭和初期というのは、日本が政治的経済的大混乱から、中国との泥沼の戦争、そして太平洋戦争に突入していった時代です。かの子の仏教を扱った随筆集『散華抄』は、一九二九年に出ていますが、この年は世界大恐慌がありました。『仏教読本』は一九三四年、満州国建国の年の出版です。

こういう世情不安の時代には、不安になった人々が、何かしっかりした思想にすがりたくなるのですね。それが仏教ブームの背景にあるのでしょう。

ですから私のところへくる原稿の注文も、「仏教について書いてください」というものばかり。残念ながら、小説の注文なんかめったにきません。

仏教がブームになるのは、やはりいまがいい時代ではない、ということの現れだと思うのです。

もちろんいまは七十年前のように、戦争のまっただ中というわけではありません。政治家がテロで倒れるようなことも、今のところ起きてはおりません。大臣が領収書がなかったとかあったとかで、勝手に倒れてますが、それだけです。経済も、格差が問題となってはいますが、恐慌とまではいきません。

しかし、世界に目を転じれば、9・11のテロ事件があり、イラク戦争やアフガニスタンの問題があり、パレスチナやアフリカでも、毎日のように紛争やテロで人が死んでいます。そして、国内でも、親が子を殺したとか、子が親を殺したとか、男が女を、または女が男を殺したとか、また年端《としは》もいかない子供が子供を殺したとか、ネットで集まった、お互いに見ず知らずの人間が女性を監禁して殺すとか、もう昔では考えられなかったような事件が、次々と起きています。こういう世の中では、いったい何を信じて、何を軸として生きればいいのか、わからなくなります。それが仏教への関心を高めているのでしょう。

私は八十五年生きていますが、長い人生の中で、いまが一番悪い時代だと感じております。戦前や戦後もひどい時代でしたが、支配層はともかく、市井《しせい》の市民の中には、今よりずっと多くの信じられる人々がいたような気がします。いまは社会全体の質がどんどん劣化しているように感じるのです。

日本はいったいなぜ、こんなに悪くなってしまったのでしょう。

原因の第一は、文明の進歩です。私の子供のころは、町内で電話のある家など、殆どなかった。電話が引けたのは、大きな門があって、お手伝いさんが何人もいるようなお金持ちの家だけです。普通の人は持てなかった。それからガスや電気はなくて、ご飯は薪《まき》と釜で、お母さんが目に涙をためながら一生懸命に炊いておりました。洗濯は盥《たらい》でごしごし洗っておりました。

今は文明が発達して、何でも機械でできますね。携帯電話は一人一台、電気炊飯器や洗濯機が普及して、家事の負担が激減しました。最近では食器洗浄器が普及して、お皿も自分で洗わなくてすむようになりました。あと便利なのが、電気掃除機です。

私は出家する前、東京の目白台アパート（現・目白台ハウス）で、円地文子さんという大先輩の作家と、同じ屋根の下で暮らしたことがありました。円地文子さんは、その時ちょうど『源氏物語』の全訳に取り組んでいられました。初めは二年で終る予定だったのが、とてもできないということで、出版社が部屋を借りて平日だけ通って来ていたのです。

円地文子さんは東大教授の上田万年《かずとし》さんのお嬢さんで、小さいころからお手伝いさんがいて、乳母日傘《おんばひがさ》で育った。お嫁には行ったけれども、嫁ぎ先にもお手伝いさんを連れて行ったので、このときまで一人で住んだことがなく、自分でご飯を炊いたことすらなかったんですよ。

円地さんは初めての一人暮らしでうれしくてしょうがないらしく、私も一人暮らしですからお互いによく行き来して、仲良くしていただいていたんです。あるとき電話がかかってきて「すぐ来て」というから何事かと思って訪ねますと、掃除のグループが来ていて、一生懸命お掃除をされています。なんてことはない情景ですが、円地さんは私に「瀬戸内さんは知ってた？　私知らなかったの」と言うんです。

「何をですか？」

「あたしはね、電気掃除機というのは、部屋の真ん中に立てておけば周りからぱっとごみが集められるんだと思ってたの。あれじゃあ、箒《ほうき》の方がずっと楽じゃない？」

初めてご飯を炊いたときは、電気釜がことこと音をたて、湯気が吹き出るのを見てびっくりして、だんなさんに電話されたそうです。「早く来てちょうだい。電気釜が壊れてしまったようよ」と。だんなさんはあきれて、「それはご飯が炊けたんだよ」と。

それくらい、世の中を知らない方だったんです。缶詰め一つ開けられなかった。みなさん安心してくださいね。それくらいでも小説家になれるんです。

こんな人は例外ですけれども、文明が進んで、生活が楽になっていくことは、人間を自由にしましたが、その反面、人間をだめにもしました。箒やはたきで掃除をしていたころは、メタボリック・シンドロームなんてなかったですね。盥で洗濯すれば、嫌でも毎日全身を使っていました。高いダイエット食品とか運動用具を通販で買わなくとも、自然と体が鍛えられていました。盥で洗濯するときの、あのしゃがむ姿勢が、体にとってはとてもいいらしく、最近見直されているそうですよ。

恋愛のあり方もずいぶん変わりました。日本は異性と知りあうことすら難しく、知りあっても、手をつなぐことすら難しく、結婚まで処女と童貞が殆どという時代が長く続きました。逢い引きの相談だって、電話がない時代はいまより格段に難しかった。その後、電話が一家に一台だった時分は、娘のところにかかってきた電話を父親が検閲したり、ろくでもない男だったら誰何《すいか》したりできましたけど、今は携帯電話で直接話しますから、つきあいが安易になり、その分危険にもなりました。主婦が不倫するのも、携帯があれば簡単ですよね。出会い系とかですぐくっついて、すぐ離れる。十八歳の少年が主婦と知りあって、別れ話が元で刺し殺すなんて、昔はありえませんでした。

文明の発展はまた、人殺しの道具をも進歩させました。時代劇がなぜ面白いかというと、武器が単純だからですね。基本的に刀と刀、それに手裏剣とか鎖鎌、槍や弓が加わるくらいです。

こういう武器は、一度にせいぜい一人か二人しか殺せません。チャンバラ映画で、何十人も一気に斬って、血しぶきがぱっと吹き上がる、というようなシーンがありますけれど、刀であんなに簡単に人は殺せません。数人斬れば刃がなまくらになってしまうといわれております。しかし、だからこそ侍の技量や経験がものを言って、見る方も楽しめるのですね。

それが今や核兵器、化学兵器、生物兵器など、数万人をいっきに殺せる大量破壊兵器が開発されてしまいました。しかも、北朝鮮やイランのような中進国でも、簡単に開発・製造して他国に脅しをかけられるようになった。原爆製造に必要な情報を教えたのはパキスタンだそうですが、パキスタンがやらなくとも、北朝鮮やイランはどこからか情報を得て、いつかは製造に着手していたでしょう。

こういう兵器はいったんできてしまえば誰でも使えてしまいます。学校で落ちこぼれだったブッシュ大統領でも、安倍晋三前首相でも、ボタン一つで何万人も殺せるのです。何の訓練も智識も要りません。ここが現代の兵器の怖いところです。

ですから文明が発達しすぎると、かえって人間は不幸になるのです。これが現代を覆う不安の要因の一つです。

不安の要因の第二は教育です。いまの教育はひどい状態です。ここでいう教育というのは、学校教育も含みますが、家庭を含めた社会による教育も大事です。子供は大人の背中を見て育ちます。大人が他人を蹴落としたり、お金もうけをすることだけを考えていれば、子供だって真似するに決まっています。

それから命がいかに大切かを、小さいときから教えることが少なくなっていますね。共働きが増えてお母さんも忙しいし、核家族化でおばあちゃん、おじいちゃんと触れ合うことが少なくなって、生きるとは、死ぬとはどういうことかを教える機会が少なくなっている。大家族の時代は、おじいちゃんやおばあちゃんの死を間近に見ることで、自然と命の尊さを学べたんですね。

命の大切さといったようなことは、学校で教えるのは難しいのです。それはなぜかというと、学校というのは智識を教えるところで、智慧を教える場所ではないからです。

智識というのは、Aという薬品とBという薬品を混ぜればサリンができる、というような単なる客観的事実のことです。こういう智識をたくさん頭に詰め込むと、いい大学、いい会社に入れる。日本はそういう仕組みになっております。オウム真理教の信者たちにも、有名大学、有名企業の出身者がたくさんいましたね。

でも、そうした智識をいくらたくさん蓄えても、よく生きるということにはつながらないのです。よく生きるには智識でなくて智慧が必要だと仏教では教えます。

智慧というのは、例えば、そのようにサリンを作って地下鉄にばらまけば、どのようなことが起きるか、それを見通す想像力です。猛烈な毒でたくさんの人が傷つき、死ぬ。そして残された家族や友人、恋人も、一生乗り越えられないような痛手を負う。智慧があればそれがわかるはずなのに、サリン事件の犯人たちはわからなかったのです。なんと愚かなのでしょう。立派な学歴があっても、智慧がなければ、人は果てしなく愚かになりうるのです。

仏教の究極の目的は、こうした智慧を身に付けることです。ただ生きるだけではなく、正しく、美しく生きるには、智慧が必要です。お釈迦様は智慧をさまざまな形で教えてくださっています。

殺してはならぬ

智慧の第一は、命の尊さの認識です。お釈迦様は四月八日にお生れになったときに、前に七歩、後ろに七歩、右に七歩、左に七歩、歩いて右手で天を指し、左手で地を指し、「天上天下唯我独尊」と述べられたと仏典にあります。文字通り解釈すると、「世の中で自分ほど偉いものはない」という意味になります。確かにお釈迦様が偉いことはわかりますが、ずいぶんと傲慢な子供ですね。

私はお釈迦様がそんな馬鹿なことを言うはずがないと思いまして、お釈迦様は本当は何が言いたかったのか、いろいろと考えてみました。天にも地にも自分はただ一人。つまり人間の命というのはこの世に一つしかない。だから尊く、大切にしなければならないのだ。お釈迦様は本当は、そういうことがおっしゃりたかったのだと思うのです。

これは私の解釈ですが、あちらこちらで唱えているうちに、段々広まりまして、今では殆どのお坊さんが同じ意見になりました。

みなさんは同じ両親から、まったく同じDNAを持つ子供が二人生れる確率がどのくらいだかご存知ですか？　理屈はよくわかりませんが、約七十兆分の一だそうです。この宇宙は、約百三十七億年前のビッグバンで生れたと言いますから、あなたと同じDNAの組み合わせの人間が生れたことは、過去にもなかったし、未来においても生れる可能性はほぼゼロだということがわかります。

人の命は一つ一つが尊く、失敗しようと成功しようともう一度作り直したりコピーしたりすることはできないんです。だから命を大切にすることは、何よりも大切な智慧であり、戒律です。

お釈迦様の言葉をまとめた、最も古い教典の一つに「法句経《ほっくきょう》」があります。この中に、お釈迦様が命の大切さを説かれた詩句があります。私がもっとも好きな詩句の一つです。

みんな誰だって
爆撃は怖いよ
みんな誰だって
死ぬのはいやだよ

自分が殺されると
思ってごらん
わが身にひきくらべ
決して
人を殺すな
殺させるな
（法句経一二九）

ここで「爆撃」と訳した語は、人によって訳し方が違います。暴力と訳す人もいます。もし自分の上に、爆弾が落ちてきたら、どんなに怖《おそろ》しいか、つらいか。それを思ったら、決して人を殺してはならないし、また殺させてはならないのだ、という意味です。

人をして「殺させるな」というのは、戦争を起こすな、ミサイルのボタンを押すな、ということです。これは、非戦・反戦の教えです。

「非戦・反戦の教え」と一口にいいますが、お釈迦様の生きたのは二千五百年前だということを考えてみてください。ソクラテス、孔子・孟子と同じ時代です。この時代、ここに挙げた三人、それ以外の名のあるどんな思想家や哲学者も、戦争反対を唱えてはいません。

領土が欲しい、財産が欲しい、女が欲しい、その他どんな理由でも、王様や権力者がやるといえば戦争をするのが当り前の時代です。お釈迦様の生家も、隣国から圧迫され、最後には隣のコーサラ国に滅ぼされてしまいます。

そんな時代に非戦・反戦の訴えをすることが、どんなに画期的だったか、危険な行為だったかを想像してみてください。

私は「殺してはならぬ　殺させてはならぬ」という教えこそ、お釈迦様の教えの中で最も尊い、最も現代的な教えだと思います。

それで思い出すのが、終戦直後の体験です。その頃私は赤ん坊を中国人の娘さんに預けて運送屋に働きに出ましたが、その運送屋に勤めた最初の日に、玉音放送を聞きました。放送は何を言ってるか、よくわかりませんでしたが、「日本は負けたのだ」ということだけはわかりました。

私たち夫婦は中国に尊敬と親愛の念を持っていましたから、何も悪いことはしていないのですけれども、日本人の中には侵略者として露骨に中国人を差別したり、虐待したりしていた人の多いことを知っていました。日本軍が当時中国で働いた数々の残虐行為についても、具体的な情報は伝わりませんでしたが、なんとなく肌で感じてはいました。

終戦の報せを聞いたとき、私はおそらく日本人は皆殺しにされるであろうと感じました。すぐ自宅へ帰って、厳重に戸締まりをしました。私はともかく、娘はその時まだ二歳。何とかして娘の命だけは扶《たす》けたいとそれだけを念じていました。翌朝、おそるおそる戸を開けて外を見回しますと、反対側の塀に、何やら赤い短冊のようなものがびっしり貼ってある。中国には、対聯《ついれん》または春聯と言いまして、お正月や各種の記念日に、赤い札にお祝いの言葉や詩句を書いて貼る習慣があります。日本の敗北を祝って、近所の誰かが貼ったのでしょう。どんな怖しいことが書いてあるかと思って近寄って見ますと、「報怨以徳」という文字が読めました。

「怨みに報いるに徳を以《もっ》てす」。日本人に対して怨みはあるけれども、それに対してわれわれは怨みをもって復讐することはしない、むしろ徳をもって対処する、ということが書かれていたのです。私はそれを見て本当に愕《おどろ》きました。こんな立派な考えを持った国民と戦って、日本は負けるのは当り前だ、と痛感しました。ご存知のように、当時満州にいた日本人はソ連軍に徹底的に蹂躙《じゅうりん》され、シベリアの強制収容所に連行されて悲惨な目にあいましたが、中国のそれ以外の地域にいた日本人は、敗戦後も大きな虐待にあうこともなく、安全に日本へ帰ってこられました。私も一年ほどたってから、引き揚げ船で帰ってきました。われわれは中国の人たちに受けた恩を、いつまでも忘れてはいけないと思います。

「報怨以徳」。この言葉は『老子』に由来するそうですけれども、仏教においても、怨みに対して怨みでもって応えるな、というのは、大事な教えとなっております。「法句経」にこんな詩があります。

ほんにそうよ
怨みごころというものは
どんな手だてをつくそうと
この人の世から消えはせぬ
怨みをすてたその日から
怨みは陰を消すものよ
これこそ真実永遠の
変わらぬ真理というものよ
（法句経五）

人間の心には、常に怨みが渦巻いています。あの人にいじめられた、この人に傷つけられた、という記憶はなかなか消えません。そのくせ、自分が人を傷つけたことはすぐ忘れるのです。肉体的な傷だけではなくて、心に傷つけあうことも含めると、こういうことは日常に数えきれないほどありますね。

自分の悪口を言ったり、根も葉もない噂をまきちらした相手や、自分の恋人や夫を盗んだ相手。騙されて金をまきあげられた相手。怨みたい相手は、数え上げればいくらでもいます。

そして、あの9・11を始め、今も世界中で、テロや戦争の火種は絶えることがありません。毎日、何千、何万という人々が殺され、犯され、誘拐され、死んでいるのです。しかしその殺しをした人間だって、自分の親や兄弟を戦乱やテロで殺され、その怨みを晴らすために、テロリストの集団や軍隊に入ったのかもしれません。

ある講演で、こんな質問をされたことがあります。

「私は戦前、満州に家族とおりました。敗戦直前、ソ連軍が進攻してきて、母は亡くなりました。私は叔母と一緒に逃げることができましたが、終戦後六十年たっても、当時ソ連軍がやった残虐行為が、瞼《まぶた》を離れないのです。夜中に飛び起きることもあります。父は現地召集されて軍隊にいましたが、騙されてシベリアに送られ、強制労働で死にました。その怨みが、今になっても消えないのです。このままでは、私は成仏できないのではないかと思うのです。どうしたらよいでしょうか？」

私の義兄も、シベリアの強制収容所へ送られました。誰もが死んだのではないかと思っていたのですが、奇跡的に生き延びて、帰国しました。しかし収容所でされた洗脳の効果がしばらく残って、通常の生活に戻るのには時間がかかりました。

質問者はわずか六歳の時に、戦争の酷い現実を間近に見たのです。忘れられなくて当り前です。怨みに思って当然です。仏様はそんなことで人を罰したりしません。だから怨みが尽きないから成仏できないということはありません。引き揚げに際しては、無数の悲劇がありました。敵兵に蹂躙されるくらいなら、と母親が自ら自分の娘を縊《くび》り殺した例、あるいは女達が集団自決した例、そんなことがたくさんありました。この方が帰ってこられたのは、まさに僥倖《ぎょうこう》です。

しかし、と私は続けました。ソ連兵がどうしてそのようなことをしたか、考えてみてください。彼ら自身、国の命令で有無を言わさず兵隊にされ、ドイツとの血みどろの戦いに駆り出され、それが終ったと思ったら東へ送られ、日本と戦争をさせられているのです。毎日、毎日人殺しをしていれば、普通の人間は理性も知性も失います。そうならなければ、自分が発狂してしまうからです。残虐行為はソ連兵だけでなく、日本兵だってしているのです。

この人はまだ子供だったから、自分で人を殺《あや》めたりはしなくてすみましたが、当時兵隊に取られていれば、きっと自分でも日本軍がそういう行為をする場面に居合わせたり、あるいは自らそういう行為に手を染めたりすることになったでしょう。実際、戦場でそういうことをして、帰国後に誰にも言えない罪の意識に苛《さいな》まれ、狂ってしまった人がたくさんいたのです。

戦争は人間を人間でなくします。これは古今東西、いかなる戦争でもそうでした。そして、怨みに対して怨みでもって対抗したなら、戦争は絶対になくなりません。アメリカは

9・11のテロの怨みを、アフガン・イラク戦争で晴らそうとしました。しかしそれで何が出来《しゅったい》しましたか。アフガンでもイラクでも、罪もない人々が何千人、何万人と傷つけられ、亡くなりました。この人たちの恋人、家族、友人は、どんなにアメリカを憎んでいることでしょう。アメリカの怨みが、さらにそれに数倍する怨みを生み出しているのです。こんなことは、ただちにやめないといけません。あるとき、一人息子を9・11のテロで失ったという日本人の御夫婦とお話したことがあります。お父様は悲しみをこらえながら「報復戦争だけはやめてほしい。こんな悲しみは私たちだけでたくさんです」とおっしゃっていられました。

ですから、この相談者も、ソ連やロシアを怨むのではなく、そのエネルギーを、戦争をなくすための運動に向けるべきだと思います。怨みに対して怨みで対処しては、この世は戦や争いばかりになります。

寂庵へも、よく怨みの苦しさを訴えに人が来られます。

そういう方たちは、一様に顔色が悪く、器量はよくとも精気がなく、醜い鬼のような顔になってしまっています。怨みの毒素が体にまわって、体も心も蝕まれてしまっているのです。

しばらくして、「もう怨むのはやめました」と言ってこられる方もいます。そういう方は、表情に華やかさが戻り、怨みに凝り固まっていた時期より、明らかに魅力的に見えます。おそらく、その後幸せに暮らしていることと思います。

怨みの感情は、怨まれた人だけではなく、恨む人の心身まで蝕み、幸せから遠ざけてしまうのです。限りのある人生を、有意義に、幸せに生きるには、怨みの感情にとらわれてはいけません。

お釈迦様は、それを教えていられるのです。

拝金主義の行き着く先

智慧の第二は、目に見えないものを大切に考える、ということです。

今の日本は、目に見えるものばかりを尊重して、目に見えないものをないがしろにしています。

目に見えるものの代表が、お金です。今はお金さえあれば何でもできる、という考えが、日本中を支配しています。

ライブドアのホリエモンは「お金で買えないものはない。愛だってお金で買える」とうそぶいたそうです。その後逮捕された村上ファンドの村上世彰《よしあき》氏も、やっぱり同じようなことを言っていました。

人が汗水垂らして作った会社を、金の力で乗っ取る。それを間違ったことであるともさもしいことだとも思っていない。金さえあればなんでもできる、という人間の傲慢さの現れです。でも彼らも、罰があたりましたね。

人間の欲にはキリがありません。日本は戦争で何もかもなくしました。そこで、失ったものをなんとか取り戻そうとがんばりました。ここまではよかった。でも、その先がいけません。

まず家を焼かれたから、家を建てました。ところが家が建ったら、最初は雨露がしのげれば幸せを感じたのに、いろいろ不満が出てくる。その家に何かを飾りたくなる。そういえば昔は床の間に掛け軸があった。棚もあった、庭ももっと広いほうがいい。車も、最初は国産の小さなもので満足していたのに、だんだんもっといい車が欲しくなる。着るものも、最初は着の身着のままだったのが、ちょっと豊かになるともっといい物を着たくなる。そこで満足するかというと、そうはならない。服が高級でも、隣の奥さんが国産ブランドなら、こっちは海外のブランドが欲しいと言いだす。アクセサリーがそれに釣り合っていないとみっともないといって、宝石を買いだす。それも、初めは小さな宝石や人工ダイヤでもじゅうぶんだったのが、だんだんそれに満足できなくなって、給料の何カ月分ものローンで買って、じき首が回らなくなる。靴、バッグ、着物……何でも、上を見ればキリがありません。

目に見えるものにだけ価値を認め、それを手に入れるお金だけが大事だという社会が、こうしてできあがってしまった。

大人がこうなのだから、子供だってそうした価値観に染まらないわけがありません。新聞を読むと、政治家はいつも口をそろえて「教育が大事だ」とか、「教育を改革しなければ」なんて言っていますけれども、そういう彼ら自体が、拝金主義に首までつかって政治とカネの問題を起こしているのです。改革なんてできっこありません。

彼らは自分のことは棚に上げて、子供だけを変えたいと思っているのです。ムシがよすぎる。そんなことができるわけがない。子供を改めようとする前に、まず自分を改めるべきです。子供はいつでも大人の背中を見て育つのです。

家も、車も、服もバッグも、すべて目に見えるものです。ところがこの世の中には、目に見えないけど大切なもの、重要なものがいくつもあるのです。

目に見えないものというのは、まず神様や仏様ですね。これを見たことのある人は殆どいません。そして、一人一人の命、これも目に見えません。それから、人間の心も、見えません。

みなさんは心というのは、見えると考えているかもしれません。でも、自分でも知らないうちに悪いことをしてしまったり、意図せずに人を傷つけてしまったりすることがありますね。だから自分の心も、見えないものなのです。そして、他人の心は、もっと見えません。

「同床異夢」という言葉がありますね。長年連れ添った夫婦が、同じベッドで性を楽しんでも、実は相手はマリリン・モンローの胸を思い浮かべながら励んでいたのかもしれません。そしてこっちは抱かれながらヨン様のことを思い浮かべていることもある。このように、どんなに近しい間柄でも、心は見えないものなのです。

しかし、こうした見えないものは、どれも大切なものです。

目に見えるもの、つまり形あるものはいつか衰え、崩れていく。

そうした〝モノ〟ばかりを頼りに生きる人は、いつかモノに裏切られます。お金で愛が買えますか、子供が産めますか、友を作れますか？　できないですよ。できたとしても、それは砂を嚙むような味気ない関係に過ぎず、モノ抜きの関係に比べるべくもありません。目に見えるモノは、人間が支配できるものでもあります。

この世にあるものはすべて自分の思いどおりにできると考える態度こそ、この世を腐らせている思想の最たるものです。

「法句経」の中に、こんな詩句があります。

「わたしには子供がいる
わたしには財産がある」
愚かなものはそういっては
心を悩ませる

けれど私だってほんとは
わたしのものではない
だったらどうして子供が
わたしのものだろうか
財産がわたしのものだろうか
(法句経六二)

自分は自分が選んで今の姿に生れたわけではない。つまり自分のものではない。自分さえ自分のものではないのに、どうして自分の配偶者、子供、財産が自分のものだろうか。自分のものでないのだから、思うようにならないのは当然ではないか、というのです。

ここでいう「自分」、というのは体と心の両方です。よく子供が親とけんかすると、「産んでくれといった覚えはない。勝手に産んだくせに」などと言いますね。とんでもない妄言ですが、一面の真実でもあります。確かに、産んで欲しくて生れてきた子はいないのです。

そして自分の体は、決して自分の思い通りになりません。病気になりたくないと思っていても、なるときはなるし、長生きしたいと思っても死ぬときは死ぬし、死にたいと思っても死ねないときもあります。もっと器量がよければもてたのに、とか、もっと頭がよければいい学校に入れたのに、と思っても、どうにもなりません。

心だってそうです。好きになってはいけない男を好きになり、嫌ってはいけない男を嫌い、人のものをねたんだり、ときには横取りしたくなったり、食べ過ぎたらいけないとわかっているのに、ご馳走や好物を食べ過ぎてしまいます。

このように日常の中でさえも、思い通りになるものはない。それなのに老いや死という、いわば極限状況について、それを思うがままにしようというのは、もとより無理です。

自分の命は、自分のものではない。こういう教えは、何も仏教だけのものではありません。キリスト教も、やはり同じような教えを授けています。世界宗教と言われる宗教はきっとみんなそうでしょう。

あらゆる宗教の淵源《えんげん》には、人知を超えた存在への畏れがあります。この世には、人間にはどうしてもコントロールできない領域のものがある。だからそれをぜんぶ自分でコントロールできると考えるのは、非常に傲慢なことです。でも、現代はそう考える人が多いですね。畏《おそ》れを識《し》ること。これが大事です。

縁とは

しかし私も、このように考えることができるようになったのは、やはり出家してからでした。それまでの私は、とにかく人の何倍も努力して、自分の中の可能性を生かしきることしか考えていなかった。成功しても、失敗しても自分のせいなのだから、他人にとやかく言われたくない、と思っていたのです。

ところが、そうではないのですね。どんなに一人でがんばって生きてきた人でも、よくよく見ると、いろんな人との出逢い、縁に生かされているのです。私のエッセイ集に『ひとりでも生きられる』という本（光文社文庫）がありまして、たいそうよく売れたんです。でも、嘘ですよ。このタイトルは私がつけたんで、別に編集の人が勝手につけたんじゃない。「私はこれから先、一人で生きられるかしら」と思い悩んでいる方が手に取って読んでくれるかと思ってつけたんですが、中身は別のことが書いてあるのです。

人は一人では生きられません。どんなに孤独な人も、有能な人も、一人では生きられないし、現実に生きていないのです。

まず、父と母がいなくては、私は生れていませんね。二人が出逢って私が生れる。そして、生きていく中で出逢ったさまざまな人たち、家族、友人、教師、先輩、同僚……こうした人たちの支えがなければ、私はいまこうして生きていないでしょう。

そして、私は作家ですから、いろんな出版社のいい編集者との出逢いがなければ、いくら面白い企画や物語を思いついても、本にして読んでもらうことができません。印刷、製本、取次店、書店の方々だって、私はいつも締め切りに遅れますから、いつもいろんな形でご迷惑をおかけし、お世話にもなっています。

それから、もちろん読者がついていなければ、本が売れませんね。本が売れなければ出版社は次を書かせてくれませんから、読者がいて、次々と本を買ってくれるということ、これも大事な縁です。

よく言われることですが、「人」という文字は棒と棒が支え合ってできていますね。決して孤独に突っ立っているわけではない。また、お経には「二本の葦束《あしたば》」というお話があります。お釈迦様の弟子の舎利弗《しゃりほつ》が、人間の本質を説明した話です。

葦は、複数の葦がよりかかっていれば立っていられる。もし、そのうち一つだけを取り出したら、立っていられない。それと同じように、人間というのはいろんな人の関係の中にあって初めて生かされているのだ、という教えです。

人というのは、大きな編み物の中の一つの編み目なのですね。自分がほつれれば、どうしたって隣の編み目もほつれてきます。自分が腐れば、やがて隣も腐ります。自分がほつれたり、腐ったりしただけで、他には迷惑をかけてはいない、勝手にするわ、と言っても、そうはいかないのです。一つ一つの編み目がだめになれば、社会という大きな編み物は、やはりだめになってしまうのです。

私たちは自分のことを取るに足らない、小さな存在と思って軽んじていますが、大きな編み物の一部だと考えれば、その編みの目は一つたりともおろそかにできない、大事な存在です。一つ一つは小さくとも、それがなければ、全体はなりたちませんし、また編み物という全体がなければ、一人一人の人間も生きていけないのです。

私は昔から好奇心旺盛で無頓着、無鉄砲なので、老若男女問わず、いろんな人とつきあったり別れたりしました。日経新聞の「私の履歴書」という欄があるでしょう。私の分だけを取り出して、『人が好き』（講談社文庫）という本になっているのですが、連載中から評判なのは、私の文中に、次から次へと面白い、意外な人々との出逢いが出てくるからです。

その中には何十年も続いた人生や文学の師、親友と呼べるような関係の人もいれば、騙されたり、騙したりで、もう二度と会いたくない、会っても話したくもないような人たちもいます。まあ、殆ど死んでしまいましたけれどね。

でも、今となってみれば、「悪縁もまた縁なり」と申しましょうか。もう二度と会いたくない、という人からも、私はいろんなものをいただいていたんですね。それは私が一人では決して得られなかったであろう知識であったり、その人自身が反面教師となって、私が自らを律するきっかけとなったり、そのあり方や程度は大小濃淡さまざまですが、いま振り返ると、誰一人として、その出逢いが無益であったという人はいません。

つまりいくら努力して作品が売れるようになったからといって、それが全部自分の努力の結果だなどというのは、傲慢なのです。このように、いろんな縁が相俟《あいま》って初めて今の私がいる。このことに気づかされたのが、出家させていただいてよかったことの一つです。

縁というのも、仏教の基本概念です。

縁起という言葉を聞いたことがおありでしょう。本来は仏教用語ですが、日常的には、「縁起が悪い」だとか、違う意味で使われることが多いのですね。因縁というのも、縁起と同じ意味ですけれど、「因縁をつけた」とか、悪い意味で使われることが少なくない。

縁起の本来の意味は、世の中のすべての物事は、相互に関連しており、どれ一つとってもそれだけで生じているものはない、ということです。

似たような言葉に「因果」というものがあります。原因があって、結果がある、これは当り前ですけれども、原因と結果が直接結びついていると見るのが「因果」の考えであり、近代の哲学とか科学というのは、みんなこの「因果」の考えをもとにしております。それに対して仏教は「縁起」を重視します。

いまここに、梅の実があったとします。その種が芽吹いて、若木となり、十年くらいして立派な木に成長し、おいしい梅を実らせたとしましょう。

さてこの実は何によって得られたのか。普通の人は「種があったからだ」と答えるでしょう。

それは間違いです。種があっても、適当な土壌があり、水分があり、多すぎも少なすぎもしない日光の照射がないと、梅の木は成長できなかったでしょう。

ではそれらがありさえすればよかったのか。そうではありませんね。水害があれば、芽は流されてしまったでしょう。台風が襲えば、若木は倒されたでしょう。がっしりとした幹も、大地震が襲えばひとたまりもないでしょう。あるいは突然、雷に撃たれ、引き裂かれたかもしれない。

つまり「起きたこと」も縁なれば、「起きなかったこと」も縁なのです。

これら無数の「因」や「縁」が相俟って、梅は実という「果」を結ぶことができたのです。

「縁」は私たちの目に見えるもの、見えないものを含めて無数にあり、そのすべてを見定めることは、人間にはとてもできません。

私たちが生きて、暮らしていけているのも、無数の「縁」のお計らいです。

今あなたが私のこの文章を読んでいるのも、「縁」のなせる業《わざ》です。「縁」がなければ、あなたはこの文章を読んでいないかもしれない。人生に絶望して、どこかで首をつっていたかもしれない。もちろん、どこかで宝くじを買って、大当りしていた可能性だってありますけれど。

私たちは「縁」に生かされている。このことを忘れ、自分の才や財におぼれると、人も社会も腐ります。

このことをしっかり覚えておいてください。

縁に生かされて

縁ということで思い出されるのは、私の小説家デビュー第二作『花芯』に対する悪評です。

私は文学というのは、人間性を追究する崇高な事業であり、文学者というのはその事業を極限まで極める聖職であり、自分もその列に加わりたいと念じて小説家の世界に入ったのです。

その私が、デビュー作『女子大生・曲愛玲《チユイアイリン》』で新潮同人雑誌賞という賞をいただき、受賞後初めて手がけた作品が『花芯』だったのです。しかし、「この著者は世相に媚びている。本質的にポルノ小説に過ぎない」という実名・匿名による書評がたくさん出たのです。「子宮作家」というあだ名も付けられました。

私はその時、愕然としまして、「そんなことを言う評論家は、女房は不感症で自分はインポに違いない」なんて、言わなくともいい反論を書いたのです。そのせいでその後足掛け六年間、文壇から追放されてしまいました。

今では文壇といっても、あるのかないのかわからないようなあやふやな印象ですが、当時は確固たる存在で、そこから追放されるということは、文学者としては死を意味する、そのくらい重いことでした。

でも私は悔しくて、とてもがまんできませんでした。匿名書評の出た新潮社に押しかけて、「週刊新潮」などを創刊した伝説の編集者、斎藤十一さんを呼び出して直談判《じかだんぱん》しました。「反論を書かせてください」と。

そしたら斎藤さんは、「ばかもの」と一喝されたのです。「小説書きののれんを掲げた以上、いったん世に出したものは、どう評価されようが文句を言うな。それくらいの覚悟がなくて、なにが小説家だ」と怒られたのですね。私は根が素直なものですから、悔しさは消えませんでしたけれども、どなられてみると、確かにそうか、と思えました。作品の怨みは作品で返すしかない。それから純文学でない作品を書きながら精進しまして、『田村俊子』で文壇にカムバックしたのです。

後から考えると、『花芯』には確かにそういう評価を許すような、書き急ぎ、言葉足らずの部分がなきにしもあらず、と素直に思えます。だからといって悪口を書いた批評家を許すわけではないのですが、あの時、そのような悪評が出なかったら、どうなっていたか、ということも考えるのです。

小学生で高度な数学を解したり、大人でも知らないような知識を披露する天才少年・少女が、時々テレビなどで話題になりますね。

あるいは、高校野球のスターが、プロ野球に入って、大きな注目を集め、連日報道陣がつめかける、ということもあります。

少し前には相撲の若貴兄弟が、このような早熟のスターでした。

文学では何といっても三島由紀夫です。三島由紀夫のように本当の天才ならいいでしょうが、天才少年も天才野球少年も、長じれば殆どの場合「ただの人」になります。

それはもともとの素質ということもありましょうが、早くから認められ、甘やかされ、努め励むことを怠った結果でもあるでしょう。

名子役必ずしも名女優ならず、名選手必ずしも名監督ならず、という言葉もありますね。不評や失敗こそがその人の肥やしとなり、長じて財産となるのです。

そう考えると、デビュー作であれだけ叩かれたことが、私の反骨心に火をつけ、その後の文学者としての人生の道を拓いてくれたのだとも思えてきます。

つまりこれも「縁」ですね。悪評という「縁」が私を図らずも導いてくれたのです。ですからみなさんも、人に誹《そし》られたり、逆境に立っても、それらを「縁」として活かせないか、前向きに考えてみましょう。

仏様はやさしいですから、いかに不器用でも、努力する人、前に進もうとしている人を決して見捨てたりはなさいません。

あの世はあるか

人は死ぬとどうなるのか?

霊魂というのは、本当にあるのか?

あの世は本当にあるのか?

こういう質問を、よく受けるのです。そのたびに私は、困ってしまいます。

前にも申しましたように、私は大抵のことは経験してきました。

小説家ですから、実際には経験していないことも、小説の中の世界ではたくさん疑似体験しています。

ところがただ一つ、経験したことがないことがあるのです。それが死ぬことです。

自分で体験していないことですから、どう話しても嘘くさくなります。だから質問をされると、いつも逃げているんです。

「ごめんなさい。私まだ死んでないからわからないの。死んだら教えてあげますから、今日は勘弁してください」と。

実はお釈迦様自身も、あの世については何もおっしゃっていられないのです。

最近、「千の風になって」という詩が流行ってますね。死んだ人の霊はお墓にはいません、という内容ですが、あれは、私たちお寺にとっては非常に困るのですよ。お墓に入る人が少なくなったら、お寺の経営はなりたたなくなります。

それはともかく、お釈迦様はあの世や霊魂の存在について、お話になりませんでした。これは、宗教家としては異例なことです。キリストにしても、マホメットにしても、あの世についてくわしく語っていますね。

かといって、お釈迦様はあの世はないとか、霊魂はないとも言っていられないのです。

それはおかしいじゃないか、お釈迦様は何でも知っているはずだ、だからはっきり答えてほしい、と弟子の一人、マールンクヤという比丘《びく》（修行者）がある日問い詰めたのです。これは「毒箭《どくせん》のたとえ」といって、「中部経」というお経で紹介されています。

「世尊よ、世尊はいつも、この世界は永遠に続くのか、宇宙には限界があるのか、霊魂と体は同じなのか、別なのか、人は死後も魂が存在するのかというようなことを質問すると、いつも黙ってしまって、何も答えてくださいません。私はそれが納得がゆかず、不満でなりません。今、この問題にお答えくださらないのなら、私は、還俗《げんぞく》するつもりです」

すると、お釈迦様はこう答えられたのです。

「マールンクヤよ、ここに人がいて、毒箭（毒矢）に射られたとしよう。その時、人々は医者を迎えるだろう。ところが怪我人は、この毒箭を射た者は誰か、またこの弓はどんな弓なのか、箭はどういう種類の箭で、羽は何でできていて、尖端はどんな形をしているのか、それらがわからないうちは、この箭を抜いてはならぬと言ったとしよう。すると、どうなるか。その男はそれらの答えを得る間に、毒が体に廻って死んでしまうだろう。マールンクヤよ、それと同じように、もし人が私のところに来て、自分の疑問について、私から説明と答えが得られない間は、私の許《もと》で清浄の修行をしないと主張したら、どういうことになるか。その人は毒箭に射られた男と同様に、ついに、浄行を修する機会を得られないまま、命を終らねばならないだろう」

つまり、「この世において悩み苦しんでいる人間たちの救済が何よりも大事であって、そのためには、宇宙全体やあの世について議論をしても、役に立たない。だから私は答えないのだ」というお答えです。これを仏教の言葉で「無記《むき》」といいます。

ですからそんなことを思い煩《わずら》ってはいけないのですが、それでも気になるのがわれわれ、凡夫の哀しさです。

そのような要求に応えるために後世にできたのが、「浄土三部経」です。これを読みますと、はるか西の方に極楽と呼ばれる世界があって、阿弥陀仏がいらっしゃる。極楽は金・銀財宝でできており、毎日春のような穏やかな気候で、花は咲き乱れ、美しい鳥の声が聞こえる、そんなところらしいです。

しかし、そういうところへ行って楽しいか、行きたいかと問われたら、その答えは人それぞれではないでしょうか。私などは天の邪鬼なものですから、そういう楽なところへ行くと、退屈で惚《ぼ》けてしまいそうで、ちょっと嫌ですね。

私はいろんな悪いことをしてきましたから、たぶん放っておいても地獄行きだと思います。だから言うわけじゃありませんが、どうも地獄の方に惹かれます。剣の山とか、釜ゆでとか、大変なこともありましょうが、何もないよりは刺激があっていいじゃないですか。

霊魂はあるのか、ないのか、という疑問に移りましょう。お坊さんの中には、子供のときから霊感が強くて、人の魂が見えるとか、先祖霊が見える、とおっしゃる方もいらっしゃいます。

私はといえば、生家が神仏具屋だったわりには霊感が乏しく、今までいっぺんもそういう経験をしたことがないんです。

それでも出家してから何度か、深夜、原稿を書いているときなどに、肩のあたりにそこはかとない気配を感じたことはあります。「ああ、これはあの人が来て、見守ってくれているのだな」と温かい気持ちになることはあるのです。

でも、はっきりと姿に見たとか、夢まくらに立ったとか、そういう経験をしたことはありません。いつか見てみたいと思っているのですが、これればかりは望んでかなうことではありませんね。

だからといって霊魂を否定するわけではないのです。ただ、私にはよくわからないのです。美輪明宏さんは、霊感がとても強くて、よくそういう話をされますね。だから、そういう方面は、私は全部美輪さんに任せているのです。

渇愛と慈愛

でも、テレビを見ていると、霊魂をだしに、ひどいことを言う方もいらっしゃいますね。「あなたは病気になります」だとか「あなたは地獄へ行きます」だとか人を威《おど》すようなことを言って人気を得ている。もしそのような気配があったとしても、相手が悲観するようなことを言ってはいけません。これはカウンセリングとか、宗教者の心得るべきことのイロハです。

「お墓参りをしなさい」と言うのはいいけれど、「行かないと悪いことが起きます」とか「行かないから病気になったのだ」という言い方をしますでしょう。仏様はあの人ほど狭量じゃありません。お墓参りをしないから罰を与えようなんて考えるのは、仏様ではありません。仏様というのは、われわれ人類すべてを合わせたよりも大きな愛の持ち主です。少しくらい息子がお参りにこなくたって、「今は忙しいのね」と許してくださるにきまっています。

「写真を飾るな」とか「位牌を夫婦一緒にしてはいけない」というのは本当か、という質問も、よく受けます。私は写真を飾っていますし、夫婦位牌も大いに結構だと思います。あの方は仏教にもあれこれ言及されますけれども、仏教の本質がまったくわかっていない。そういう執着を離れれば幸せになれる、と教えるのが仏教です。まったくさかさまなことをなぜ言うんでしょうね。

「お墓参りで願い事をしてはいけない」というのも、別にどちらでもいいと思います。そんなことで仏様は怒ったりしませんから、安心して祈ってください。

こういう人たちがもっとも理解していないのは、人間の愛と仏様や神様の愛の区別です。人間の愛というのは、仏教の用語では渇愛といいます。渇愛というのは、咽《のど》が渇いた人が、いくら水を与えても満足することなく、もっと欲しいもっと欲しいとねだるような愛です。

渇愛はまた、自分が誰かを愛したら、その分、愛し返して欲しいと願うような愛です。私たち人間というのは、自分が十愛したら、利子を加えて十二の愛を返して欲しがる、そういう習性を持っているのですね。

でも、今は銀行預金だって利子がつかない時代です。愛だって利子はつかないし、相手も利子をつけて返して欲しいと思っているのだから、結局、お互いに無限の愛を要求しあうようになって、必ず破綻します。

このような愛は、本当の愛ではありません。こういう愛し方は、結局自分を愛して欲しいという欲望を相手にぶつけているだけで、他者を愛しているように見えて、その実、自分を愛している。自己愛であり、自分が得をしたいという欲求なのです。

例えば、ブランド品のネクタイを、夫の誕生日に贈ったとしますね。妻はそれで、自分の誕生日には、どんなすばらしいプレゼントをしてくれるかしら、と期待します。でも、夫は妻の誕生日なんか忘れていますから、妻はせっかくプレゼントをしたのに無駄になった、と恨みに思うのです。

またたくさん季節の果物をもらったので、お隣へお裾分けすることがありますね。お返しに何がくるかな、と思って待っていますと、たいてい何も返ってきません。当然、「隣はケチだ」と怒ります。怒るくらいならあげなければいいのに、私たちは、何かを人にあげるときは、たいてい何か見返りを期待しているのですね。

これに対して、仏様の愛は、慈愛、または慈悲といいます。慈愛というのは、与えるだけでお返しを需《もと》めない愛です。そのような愛を身に付けなさい、というのが仏様の教えなんです。例えば、ボランティアがそうですね。ボランティアは奉仕するだけで、それに対する報酬を需めません。ノーベル平和賞を受けたマザー・テレサは、一生をインドの貧しい人たちに捧げました。これこそが愛の名に値する愛なのです。渇愛は、愛ではありません。

キリスト教でも、エロスの愛とアガペーの愛と分けて教えますね。エロスの愛とは肉欲の愛、アガペーの愛とは自己を犠牲にして救う愛ですから、アガペーの愛は慈悲と同じです。

比叡山で修行したとき、天台宗の宗祖、伝教大師最澄が時の天皇に提出した「山家学生式《さんげがくしょうしき》」という、いわば天台宗の既成仏教に対する独立宣言を学びました。ここで最澄は、天台宗が目指す人間像とは何かを簡潔な言葉で述べられています。

国宝とは何物ぞ
宝とは道心なり
道心ある人を
名づけて国宝と為《な》す
故に古人の言わく
径寸十枚、是れ国宝に非《あら》ず
一隅を照らす
此《こ》れ則《すなわ》ち国宝なりと
（中略）
道心あるの仏子
西には菩薩と称し
東には君子と号す
悪事を己に向かえ
好事を他に与え
己を忘れて他を利するは

慈悲の極みなり

国の宝とはなにか。
宝とは、道を修めようとする心である。
この道心を持っている人こそ、
社会にとって、なくてはならない国の宝である。
だから中国の昔の人はいった。
「直径三センチの宝石十個、それが宝ではない。
社会の一隅にいながら、社会を照らす生活をする。
その人こそが、なくてはならない国宝の人である」と。
（中略）
このような道心ある人を
インドでは菩薩とよび、
中国では君子という。
いやなことでも自分でひきうけ、
よいことは他の人にわかち与える。
自分をひとまずおいて、まず他の人のために働くことこそ、

本当の慈悲なのである。（山家学生式　冒頭）

「己を忘れて他を利する」のところを縮めて、「忘己利他《もうこりた》」と私たちは習いました。自分の利益を忘れて、誰か他人の幸せのためにつくしなさい、それこそが本当の慈悲、つまり愛なのですよ、と教えてくださっているのです。仏教ではまた、このような行いを「利他行」と名づけて推奨しています。利他行は仏教だけでなく、すべての宗教に共通する発想だと思います。

一九八一年、時のローマ法王、ヨハネ・パウロ二世が来日されたとき、「一二〇〇年前の日本が生んだ、みなさまの偉大な教師最澄が、『忘己利他』というすばらしい言葉を残した。これを世界の宗教者の共通のモットーとしようではありませんか」と述べられました。これに呼応した当時の山田恵諦天台座主猊下《げいか》が、忘己利他の考えをもっと世界に広げようと始められたのが、「世界宗教サミット」で、第一回は一九八七年に開かれました。

私はこの「忘己利他」の一言を教えていただいただけでも、出家してよかった、と感動したのを覚えています。

幸せとは

国が貧しかった時代には、社会のあちこちに、扶《たす》け合い、支え合う慈愛の気風が今よりも満ちていたような気がします。電気炊飯器もコンビニもなかった時代には、人々は扶け合わなければ生きていけなかったからです。

しかし、文明が進み、生活が楽になりますと、人々は生れて生きていることがどんなに恵まれているかをすっかり忘れて、自分の欲望にしか関心が向かなくなります。社会に甘えて欲ボケになります。

戦後日本は、こうした「自分さえよければいい」という発想のもとに、坂道を転がり落ちるように、水が高きから低きへ流れるように、歪《ゆが》んだものになってきました。そういう時代に、「忘己利他」の教えはますます輝きを増しているのだと思います。

人はこの世に生れてきた以上、幸せになる権利を持っています。これは憲法にも保障されておりますし、仏教でもそれは認めております。

しかし、幸せとは何か、その中身を考えなければいけません。自分だけがいい給料をもらい、いい家に住み、息子はいい大学へ入って、娘は玉の輿に乗る。あるいは毎日、おなかいっぱい食べられて、おいしいお酒が飲めて、清潔なベッドに寝られる。それで私は幸せです、というのは、本当の幸せとはいえません。

この人が幸せに暮らしているときに、実は隣家ではお父さんが会社をまじめにつとめてらしたのに、不幸にしてリストラされてしまい、お母さんは年老いた実母と姑の介護に疲れきり、子供は不登校かもしれません。それを知っていて、自分だけが幸せであればいいと考えられる人は、それは人間ではありません。

残念ながら世界には、もっともっと不幸な人々も、たくさんいます。戦争の被害にあって、親を殺され、家も焼かれ、学校にも行けない子供たちが、何千何万といます。

そうした人々が世界中に一人でもいる限り、私たちは決して本当の意味では幸せにはなれないはずです。

ところが私たち人間はみな凡夫ですから、普段は自分の幸福だけに思い煩って、他人の幸福を思いやるゆとりがありません。

人はなぜ生きているか。それは決して自分だけの幸福を追い需《もと》めるためではありません。これまでお話してきたように、自分という存在が、大小無数の縁によってこの世に生かされている、人間というのは決して一人で生きているのではない、という謙虚な気持ちになるならば、答えは自ずと明らかだと思います。

自分の周囲にいる、一人でも多くの人を幸せにすること、そのために努め励むことこそが、人間がこの世に生れてきた理由であり、目的だと思うのです。自分の存在が誰かの役に立っているということを感じるのは何と幸せなことでしょう。

祈りとは

ですからお寺へ来て祈るときも、自己の幸せではなくて、他者の幸せをまず祈ってください。そうすればきっと、仏様は聞き入れてくださいます。

天台寺は貧乏寺です。京都や奈良、東京の有力なお寺と比べたら、お賽銭の額も知れています。賽銭箱は、普段の日はアルミや銅のお金ばかりです。

ところが試験シーズンになると、急にお札が増えて、一万円札が入っていることもあるのです。

自分の孫がどうかよい大学に入りますようにと願うおばあちゃんが、お賽銭を気前よく入れるのです。

自分の頭だって大したことがないのに、孫だけよい頭のわけがない。いい大学に入れというのは無理です。

そして、孫が受験に失敗すると、「天台寺って御利益《ごりやく》がないわ。やっぱり天満宮の方がいいわ」とか、噂をしているに違いありません。

そういう祈りは、祈りとしてはあまり上品なものとは言えませんね。

よい大学、よい会社、よい官庁に入ったからといって、何になるというのです。そのような組織に属しても、私利私欲に走り、賄賂をもらってつかまっては何にもなりません。

新聞やテレビを見れば、そういう人間が毎日、毎月のように報道されています。

人間性を学歴や肩書、財産で判断してはいけません。世の中にはそのような組織に属さなくとも、道を究め、社会に有益な仕事をしている方は無数にいらっしゃいます。勉強することは大事ですが、試験というのは運もあります。受かったら努力の成果、落ちたら運がなかったと思って、次の目標に向かって努め励みなさい、と子供には教えるべきです。

祈るときは「孫がどうか東大に入れますように」ではなくて、「孫がどうか自分の実力に見合ったところに入って、世のため人のために役に立つ人間になりますように」と願うべきです。

何かに対して見返りを需《もと》める祈りもだめです。「孫がもし東大へ入ったら、今度は十万円納めますからどうか」などというのはさもしいです。そんなことを言っても、落ちるときは落ちます。

「何か大いなるものに見守られている」という意識が、人間に節度を与えるというお話をしました。祈りについても、仏様は全部見通していらっしゃいます。祈りが私利私欲に基づいたものか、あるいは利他の精神に基づいたものかは、仏様はすぐ見抜きます。

だから祈る時は誰に聞かれても口に出して恥ずかしくない祈りを祈ってください。

「うちの亭主がまた浮気しました。浮気相手がバナナの皮で転んで頭を打ちますように」

こんなのはダメです。

「隣の家の奥さまが、舅《しゅうと》の介護で大変苦労されております。どうか舅の病気が治って、一日でも早く奥さまの負担が減りますように。私で役に立つなら、たまには私に病人の世話を替わらせてください」

世の中がこういう祈りに包まれれば、今よりもはるかによい世界がやってくるはずです。

尼僧の生活

もちろん私も、至って不完全な人間です。出家してからも、なかなか戒律も守れず、仕様のない破戒坊主です。そんな駄目な自分を自覚しております。

仏教にはさまざまな戒律があります。お釈迦様が出家者に与えた戒律は具足戒《ぐそくかい》（小乗戒）と言いまして、男僧に二五〇戒、尼僧に三四八戒があります。キリスト教の十戒と比べると、非常に厳しい戒律です。

ところがお釈迦様は亡くなる間際に、細かな戒律は廃止してよい、とおっしゃいました。また具足戒の中には寒い中国や日本ではとても守れないものも入っております。そのため大乗仏教ではこれを簡素化し、大乗の観点から手を加えた戒律（大乗戒）を採用しました。

天台宗では、出家すると円頓戒《えんどんかい》という戒を授けられます。これは、十重四十八軽戒といって、十の重い戒と四十八の軽い戒からなります。十重戒の中身は次のとおりです。

一、不殺生戒《ふせつしょうかい》。殺すなかれ。
二、不偸盗戒《ふちゅうとうかい》。盗むなかれ。
三、不《ふ》邪淫《じゃいん》戒《かい》。邪淫するなかれ。
四、不《ふ》妄語《もうご》戒《かい》。うそをつくなかれ。
五、不《ふ》悪口《あっく》戒《かい》。悪口を言うなかれ。
六、不両舌戒《ふりょうぜつかい》。仲たがいさせることを言うなかれ。
七、不《ふ》綺語《きご》戒《かい》。飾った言葉、意味のない言葉、人におもねる言葉、を言うなかれ。
八、不《ふ》貪欲《とんよく》戒《かい》。むさぼるなかれ。
九、不《ふ》瞋恚《しんに》戒《かい》。怒るなかれ。
十、不《ふ》邪見《じゃけん》戒《かい》。誤った人生観を持つなかれ。

しかし、これを守り通すのはなかなか難しいのです。私は自分でも破戒坊主だと方々で言っております。

一番困ってしまうのが、不妄語戒です。私は小説家です。小説家は、嘘をほんとらしく書くのが仕事です。そしてその嘘の中から、いかに真実を示すかが小説家の腕の見せ所です。

私が小説家と尼僧の二足の草鞋《わらじ》を穿《は》き続けていることに対して、いろいろなところから批判の声が上がったと聞いております。どこの誰とはいいませんが、誰がそう言ったか、私はちゃんとわかっております。

しかし、私は書きつづけるために出家したのですし、今東光師からも、作家をやめるな、とご教示されました。

そして私は出家に際して、一つだけ誓いを立てたのです。宗教で金もうけをしてはいけない、と。

宗教というのは金もうけをしようと思えば簡単にできてしまいます。迷える人、悩める人、困った人が扶《たす》けを需《もと》めてやってくるのですから、そういう人の弱みにつけこめば、たぶんお堂の一つや二つは簡単に建つと思います。

各地の有名なお寺に伺うと、何から何まで有料で、そのがめつさにがっかりすることがありますね。それから、お葬式の時に目の玉の飛び出るような戒名代を請求されてすっかり寺院不信に陥った人も多いと思います。

最近ではこういうことを懸念されて、お葬式を一切無宗教にされる人も増えております。お墓を持たず、海や山に散骨する運動も、広がりを見せています。

既成宗教が宗教を金もうけの道具にしたことが、人々の不信を買い、人々と宗教の間の距離を広げたのだ、と私は思うのです。既成仏教が、人々の不安や不満をちゃんと受け止めていれば、オウム真理教や、その他のカルト集団の事件は、あるいは起きなかったのではないでしょうか。

みなさんは、新興宗教団体が各地に立派なお堂や講堂をどんどん建てているのを見て、「宗教というのは儲かるのだな」と思っていらっしゃるかもしれません。とんでもない。今の時代、普通に活動していたら、とてもお堂なんか建つものではないのです。一部の観光寺を除いて、今はどこのお寺も生きていくだけが精いっぱいというのが実情です。

立派なお堂がぽんぽん建つような宗教は、どこかおかしいのです。

ともあれ私は、自分の生活するための資金は、自分が書くことで得、宗教的活動からは一切いただかないということを貫き通して参りました。天台寺からも、一銭ももらっておりません。全部持ち出しです。

これを続けるためには、書くことを続けなければなりません。私は死ぬまで小説家を続けようと思っています。ということは、嘘をつきつづける、ということなので、嘘をつくな、という戒も守れないのです。

私は、肉食もしますし、たまにはお酒も飲みます。人の悪口は、あまり言わないようにしていますが、人の悪口を言いながら御飯を食べると美味《おい》しいですよね。

肉食は、聖路加国際病院理事長の日野原重明先生に、長寿と健康の秘訣として勧められました。お酒はもともと好きなので、つきあいと称して飲んでいます。

ですから私は殆ど戒律を守れていないのですが、一つだけ、天地神明にかけて守っている戒律があります。それは不邪淫戒です。五十一歳で出家して以来、ただの一度もその戒を破っていません。私がこの歳で元気なのは、ひょっとしたらこのおかげかもしれません。

大乗仏教では、「煩悩即菩提」という言葉があります。凡夫は煩悩の塊ではあるが、煩悩をなくすことはできず、なくそうなくそうとこだわる（執着）こともまた悟り（菩提）から遠ざかる道である。また煩悩があるからこそ悟りも得られるのであって、その意味で煩悩と菩提は一つである、とする考えです。

ですから戒も、それを破ると即地獄行きというふうに厳しくはとらえません。お釈迦様自身、出家された後、六年もの長きにわたって厳しい苦行をされました。生死の境をさまようような修行だったということです。そして、そのような極端な苦行は、何も生み出さないということを悟られたということが仏典に書かれております。極端な禁欲も、極端な放縦も戒め、中道《ちゅうどう》をよしとせよ、というのが仏教の教えでございます。

そして日本の仏教では、明治以後、僧侶にも妻帯を認めました。歴史上、初めて公然と妻子を持った僧は親鸞ですが、明治以後はこれが公式に認められました。私の師僧の今東光師も、天台宗の山田恵諦座主も、また、出家後にいろいろと可愛がっていただいた永平寺の貫主、秦慧玉禅師も、やはり結婚しておられました。

ただ、私は自分が煩悩が人一倍強く、破戒坊主であるということを認識しておりますから、一生涯戒律を守った不犯《ふぼん》の聖僧に、生きている間に一人でもお会いしてみたいとずっと憧れていたんです。それが数年前、本当に叶いました。

永平寺七十八世（曹洞宗管長）宮崎奕保《えきほ》大禅師猊下です。二〇〇一年に初めてお会いしましたが、当時九十九歳でいらっしゃいました。色白で、お顔に染み一つ、皺一つないのです。やはり自らを慎ましく保っていらっしゃる方は自然と清らかな風貌になるのでしょう。

私は「猊下は不犯の高僧だとうかがっておりますが、本当でございますか」と率直に質問したのですね。宮崎猊下の後ろには、曹洞宗の偉い方がずらっと並んでおりまして、他宗のわけのわからん尼僧が何を訊くか、というふうに顔をしかめましたけれども、宮崎猊下はちっとも怒らないで、にっこりなすって「うん、そうじゃ」とお答えになられたのです。

「でも失礼ではありますが、とてもハンサムでいらっしゃいますね。百歳でそれですから、お若いときはもっとハンサムでいらしたと思います。周囲は捨てておかなかったに違いありません。危険なことはございませんでしたか」

と続けますと、

「あった。二度」

とおっしゃるのです。十九歳のとき、永平寺から一時ご実家へ帰られたら、親戚中が集まって宴会が始まった。久しぶりだから歓待してくれたのかなと思ったら、それが実はお見合いだったらしく、桃割《ももわれ》に結ったかわいらしい赤い着物姿の女性がお酌に来たというのです。そこで宮崎猊下は、危ないと思ってトイレに行くふりをして逃げ出したそうです。

「その方はお好みじゃなかったんですか?」

「そうじゃない、あんまり可愛らしいから危ないと思った」

「女はお嫌いですか?」

「いやいや、女の人は美しゅうて、やさしゅうて、大好きです。しかし一度も結婚しようとは思わなかった」

「どうしてですか」

「仏様が、女に近づいてはいけないとおっしゃる」

もう私は平伏してしまいました。参りました。これこそがお坊さんというものです。しかし、そんな猊下でも、守れなかったことが二つあったとお話し下さいました。お酒と煙草です。永平寺へ入ってから、先輩の僧侶に唆《そそのか》されて、味を覚えてしまったというのです。その後お酒は止《や》められたのですが、煙草はどうしても止められなかった。ある夜、ひそかに起きだして、ご本尊の前でこう祈ったそうです。

「もし私が今後、禁煙の誓を破りましたら、どうぞ私の命を召し上げてください」

まさに命がけの祈りです。そう祈ったら、止められたそうです。そういうお話を淡々とさりげなくお話し下さるのです。大変感動しました。

もちろんキリスト教にも素晴らしい神父さんや牧師さんはいらっしゃいます。私は何人も逢わせていただいておりますけれども、私はたまたまご縁がありまして仏教に帰依させていただいた身で、このような素晴らしい聖僧にお逢いすると、ほんとうに出家させていただいてよかった、とうれしく思うのです。

安易な出家はしてはならない

私は出家してから、無数の相談を受けましたが、その中でも多いのが「私も出家したい。寂庵で出家させてくれないか」という相談です。

寂庵は小さな単立寺院で、弟子をとったり出家させたりすることはできません。ですからお断りするのですが、中にはどうしてもさせてください、という方もいられます。困ってしまうのですけれども、そんな時、以前は、私の声明とお経の師匠をしていただいた大原実光院の天納傳中《あまのでんちゅう》住職（二〇〇二年に逝去）へ紹介していました。

すると、天納住職は、とても優しい方なので、断りきれなくて次から次へと出家させてしまうのです。そのようにして何人か出家されましたけれども、今では全員、還俗《げんぞく》してしまいました。

やはり一口に出家と言っても、なかなか続かないのです。

私が出家してから、真似して出家したような方が何人も現れました。ある評論家は、

「私は人々を救いたい」といって出家されました。髪も剃ったようですけれども、すぐ元に戻して、今では剃った時の写真は門外不出にしているとか。恥ずかしいなら、剃らなければいいのに。そもそもあんなに若くして、人を救えると思っていること自体が不遜です。私たち凡夫は、懸命に修行を重ねて、歳を重ねて、自分が何とか出家者として落ち着けるかどうかが精一杯です。人を救うのは仏様のなさることで、頭を丸めたくらいで人なんか救えません。

最近も、弁護士の方と、若い俳優が出家されたようですね。とにかく、一度剃髪得度して還俗するのはみっともないことですから、それなりの覚悟をしてから出家してほしいものです。

この髪を剃るというのは、思っていた以上の意味があります。髪を剃るのは、煩悩の火を消し去るためですが、毎日剃っておりますと、髪の生えようとする力は、かえって強くなっていくのを感じます。生命力が上がっているのです。

私が『女徳』という小説のモデルになっていただいた祇王寺の庵主の智照尼がおっしゃいました。

「髪は剃っても剃ってもまた伸びてきます。煩悩も刈っても刈っても新しく生じてきますよ」

さきほど永平寺宮崎猊下のお話をさせていただきましたけれども、お坊さんというのは長生きの方が多いですね。髪を剃り、戒を守って欲望を抑えていると、私たちの体内に、何らかの力が蓄えられるためかもしれません。
お花や盆栽でも、不要な花や枝は切り取ってしまいますね。みなさんも、出家しないままでも剃髪や禁欲は実践されてもいいかもしれませんよ。とにかく私は出家して以来、それ以前よりはるかに元気になりました。

懺悔の日々

さきほど出家者に対する戒律のお話をしました。これに対して在家信者は、次の三（宝）帰依と五戒を守るべきだとされております。三帰依というのは、「仏（仏陀）」「法（真理）」「僧（教団）」の三宝に帰依します、というものです。五戒とは、次の五つです。

一、不殺生戒《ふせつしょうかい》　生き物を殺してはいけない。
二、不偸盗戒《ふちゅうとうかい》　他人のものを盗んではいけない。
三、不邪淫戒《ふじゃいんかい》　自分の妻（または夫）以外と交わってはいけない。
四、不妄語戒《ふもうごかい》　うそをついてはいけない。
五、不飲酒戒《ふおんじゅかい》　酒を飲んではいけない。

これもまた、厳密に守ろうとすると難しいですね。生き物を全く殺さないで生きていくのは、現代社会では不可能です。比叡山の横川で井戸から真夜中に水を汲む修行をしたときに、杓には紗《うすぎぬ》のようなものが張ってありました。水の中にいるボウフラや虫を汲んで殺してはならないからです。しかし、そんなことは、日常生活ではできませんよね。ダンゴムシやアリを踏まないように気を使っていたら、生活ができなくなります。

商売をしていれば、時には他社を出し抜いて仕事を奪ったり、あるいは嘘をついたりすることもありましょう。

しかし、仏様は少しくらい戒律を破ったからといって、すぐ怒りだすような了見の狭い方ではありません。特に在家の場合は、戒律は「これをしたら罰する」というルールというよりも、自分の生活を反省し、よく整えるためのよすがだと思ってもいいのです。例えば、不殺生戒は、自分の生命が他の生命の尊い犠牲や支えの上に立っていることを改めて認識するためのよすがになりますし、不偸盗戒は、例えば企業であれば、工場のばい煙や排水が、環境を汚していることを自覚して、社会貢献をしたり、工場のばい煙や排水をなるべく減らすよすがとなります。こう考えると、むしろ戒律を守れない自分の自覚こそが、悟りへの道になるのです。

私は出家したとき、頭を剃りました後、最初に懺悔偈《さんげげ》というのを唱えさせられました。

我昔所造諸悪業《がしやくしょぞうしょあくごう》
皆由無《かうゆうむ》始《し》貪瞋癡《とんじんち》
従身語意《じゅうしんごい》之所生《ししょしょう》
一切我《いっさいが》今皆懺悔《こんかいさんげ》

「私がこれまでつくってきたあらゆる悪い業は、すべて人間の煩悩の貪《とん》、瞋《じん》、痴《ち》（癡）の三毒からおこってきたものです。また自分の肉体や言葉や心がなさしめた悪業です。今、そのすべての自分のおかした悪業の罪を仏様にすべて懺悔いたします。どうかお許しください」

という意味です。「貪、瞋、痴」は三毒と言われるものです。貪は「貪欲《とんよく》」を指し、物質的な欲、愛欲、権力欲など人間の欲望がすべて含まれています。瞋は「瞋恚《しんに》」を指し、自分の心のままにならぬものを怒り怨むこと、痴は「愚痴《ぐち》」を指しますが、普通よく使われる愚痴とは違って、むしろ痴愚、つまり愚かさのことです。

仏教では「懺悔」と書いて「さんげ」と読みますが、このように懺悔をすれば、仏様、特に阿弥陀様は、全部許してくださるというのが、仏教の教えなのです。

例えば、「隣の奥さんがお嬢さんの家庭教師と怪しいのよ」と、見てもいないことをさも見たかのように嘘をついてしまったとしますね。夜寝る前に、「なんであんな嘘をついたんだろう。仏様、申し訳ありません。今日私は嘘をついてしまいました。どうかお許しください。明日から絶対申しません」と仏様に謝ります。

そして安心してぐっすり眠る。われわれは凡夫ですから、翌朝になるとすっかり忘れてしまいます。そしてまた同じような嘘をつきます。しかも今度は、「二人がホテルへ入っていくところを見たわ」などとエスカレートしていきます。そしてその晩も反省して「もうしません」と仏様に謝ります。しかし次の日もまた嘘をつくのです。

こんなことを一週間も繰り返してごらんなさい。嘘をつくなという戒律一つ守れない自分は何という馬鹿か、ということにいくらなんでも気づくはずです。これが懺悔の効果なのですね。そうすれば、「あの人は嘘つきだ」とか、「あの人は悪い人だ」などと他人を謗《そし》ることはできなくなります。自分が謙虚にならざるを得ません。自分とはどうしようもない馬鹿だと気づかせてくれるのが、仏教の懺悔の功徳《くどく》なのです。

ありがたいの意味

お礼を言うとき、私たちは「ありがとう」と言います。ありがとうの元々の意味は、「有り難い」、つまりめったにないこと、ありえないことが起きた、というものです。

仏教では、人間としてこの世に生れて、生きていること自体が「有り難い」と思って感謝せよ、と教えます。私たちは普段、このことを忘れていて、ついいろいろと不満を抱えて生きていますね。出家前の私も、そんな不満がありました。

私は毎年毎年おびただしい数の作品を書いてきました。幸いにして多くの読者に迎えられましたが、ただ一つ不満がありまして、批評家にあまり評価されなかったのです。そのために、同年輩や後進の作家がどんどん文学賞をとって認められていく中で、私だけが取り残された感じでした。『田村俊子』で田村俊子賞、『夏の終り』で女流文学賞をいただいて以来、何十年もの間、私は賞とは無縁でした。外に向かっては何も言いませんでしたが、本当はずっと不満とコンプレックスを抱いていました。

あるときから私は開き直ってしまいまして、もしこれから賞がきても断ってやろうと思って、お断りする言葉を考えて、お風呂の中で練習したりもしたのです。

五十一歳で出家して、出家したあとも書き続けておりましたが、その間に、先にお話したように心境の変化がありまして、そのような感情も少しやわらいだのですね。小説家の世界というのは非常に厳しい世界です。才能があっても売れずに続けていけなくなった方がたくさんいます。その中で私が小説家としてやってこられたのは、見ず知らずの方が何千人も何十万人も本を買ってくださるからです。こんな有り難いことはない。このことに感謝しなくては私は罰《ばち》があたります。

そんなふうにすっかり賞のことなど忘れて暮らしておりましたら、まさに摩訶不思議、なぜか次々と賞をもらうようになったのです。

九二年のことです。私は徳島ゆかりの作家、モラエスのことを調べに、ポルトガルへ取材に行きました。忘れもしない満月の夜、滞在先のホテルに日本から電話がかかってきました。『花に問え』という作品で、谷崎潤一郎賞をいただけるということを知りました。谷崎賞というのは非常に権威も質も高い賞で、文学を志した者なら誰でも欲しがる賞なのです。どんな賞もそうですが、一応係りの方が「お受けになりますか」と訊いてこられます。私はすっかり舞い上がって、例の断りの文句など、すっかりどこかへ飛んでいってしまって、「はい、はい、ありがとうございます。お受けします」と答えてしまいました。

谷崎賞を皮切りに、芸術選奨文部大臣賞（『白道《びゃくどう》』）、文化功労者、NHK放送文化賞、徳島市名誉市民、野間文芸賞（『場所』）、イタリア国際ノニーノ賞など、毎年のように賞をいただくようになりまして、そして二〇〇六年には文化勲章までいただきました。もうこれ以上の賞はありませんから、これで打ち止めです。

どうしてこの歳になって今頃これだけ評価されるようになったのか。まさにこれは観音様のご加護の賜物としか、今の私には思われないのです。私が無償の奉仕で、懸命にお勤めしてきたことを観音様はきっと認めていらっしゃった。だから少しくらいは褒美をやろうと思ってくださったのだ、と私は感じています。

これらすべては、私一人の力で得たものではありません。まさに仏縁に導かれた結果、仕事ができ、賞もいただけたのです。

寂聴極楽ツアーへ

あの世はあるのか。最後にこの問いに改めて答えて、章を閉じることにします。

先にお話ししたように、あの世がどのようなところか、私にはわかりません。しかし、私の両親も姉夫婦も、昔愛した男たちも、みんなあちらへ渡っていて帰ってこないというのは、結構いいところであるという証拠ではないでしょうか。いまのところ、一人として帰ってこないし、私を呼んでもくれないですからね。ひょっとしたら現世にいた頃の私のわがままにこりて、あいつはもっと娑婆で苦労をさせてやれ、と同盟を結んでいるのかもしれません。きっと私抜きで楽しくやってるに違いありません。

よく考えると、これだけ人口が増えて、死ぬ人も増えると、あの世も大変だと思うのです。

今は火葬場もいつも満杯で、ひどいときには何日も待たされたりします。この世でさえそうなのですから、三途の川はきっと大渋滞です。

昔は三途の川には渡し守《もり》がいて、あの世へ渡してもらうためには渡し舟のお金が要るというので、死人には頭陀袋《ずだぶくろ》を縫って、中には紙のお金を作って入れたものですが、今はこれだけ渡る人が増えていますから、渡し舟なんかでは間に合わず、フェリーになっているでしょう。「寂聴極楽ツアー」と旗をたてて、みなさん一緒に渡りましょう。

向こう岸へ着いたら、ご主人、恋人、ご両親、ご友人たち、もうみなさんが岸辺で待っていてくれて、その晩は大歓迎パーティーです。この世で逢いたくて逢えなかった人も、あの世なら確実に逢えます。

こう考えると、なんだか楽しくなってきませんか。せっかくこの世に生を受けたのなら、一度くらい死んでみないと損なような気がしませんか。

楽しく、美しく、歳をとってください。そして、愛して、人を許して、死んでいきましょう。歳をとったからといって、人を愛するのをやめることはない。八十になっても、九十になっても、人を愛しましょう。生きることは愛することです。いくつになっても胸のときめきを忘れないで生きましょう。

第三章　老いのかたち

人が好き

この地球には、数えきれないほどの人間が棲んでいます。その中で、一人の人間が一生の間に知り合うことのできるのは、ほんの一握りです。ただ道端ですれ違うだけの関係でも、それは無数の偶然と選択の結果なのです。

だから人と人との出逢いというのは、すべてが奇蹟といえるものだと思います。言い換えれば、それが縁です。

仏教では縁というものを、非常に大事に考えます。世の中のものごとは、どれ一つとしてそれのみで存在してはいない。すべてが他の要素と関連しあって存在している。これが因縁または縁起と呼ばれる概念です。縁起の考え方は、人間関係についても当てはまります。人間は一人では生きられないし、生きていないのです。たくさんの縁の中で、生かされているのです。

私は自分のことを天才とは思っておりません。小林秀雄さんは私に、小説家には二つのタイプがあるとおっしゃったことがあります。一つは、限られた才能の山を懸命に削って、それを作品にしていくタイプ、もう一つは、自分の中に泉があって、そこからわき出るものが、自然と作品に結実していくタイプです。言い換えれば、秀才と天才の違い、ということになりましょうか。

小林秀雄さんは、水上勉さんは後者だ、と評価していられました。私は、三島由紀夫さんは明らかに天才だったと思っています。

私の中にも泉はあります。滾々《こんこん》と、というわけにはいきませんが、物書きとなって以来五十年間、ありがたいことに、絶えることはありませんでした。

泉というのは、汲めば汲むほど水が出て涸《か》れることがない。汲んでくれる人がいないと、すぐ濁ったり涸れたりします。三島さんは、自分で汲めたのだと思います。私は、両方の要素をかねているタイプでしょう。

そんな私でも、たった一つ、人に誇れることがあります。

それは、人の縁に恵まれた、ということです。

新潮社が毎年出版している『文藝年鑑』という本があります。後ろの方に、文学者の名簿があります。物故者の中で少しでも声をかわしたことがある方は、四百人にものぼりました。こんな作家は、現役ではおそらくほとんどいないと思います。

人間への関心というのは、私の文学の出発点なのです。人間というのは、各々異なった個性、人間性を持っています。人間性というのは、性情・性格、特技・特質、ものの見方や考え方、価値観すべてを含みます。

何より面白いのは、この世にはこれだけたくさんの人間がいるのに、一人として同じ人間性を持った人はいない、ということ。そして、その人間性は、常に千変万化、矛盾相剋の裂け目に引き裂かれて、決して一つの型に収まらない広さ、深さを持っているのです。「一人の人間の命は、地球より重い」。この言葉は日本赤軍のハイジャック事件の時に、時の福田赳夫首相（福田康夫現首相の父）が述べたものですが、一人の人間の持つ複雑な人間性の幅は、もしかしたら地球より広いかもしれないのです。

この複雑な人間性を描くことこそが、文学の使命であり、私が文学の道に足を踏み入れたのも、このとらえがたい人間というものの実相を究めてみたい、と念じたからにほかなりません。

この世で、人間ほど面白いものはありません。おいしい料理も、美しい絵画も、妙なる音楽も、年を重ねて、さまざまな経験を経れば、いつか飽きるときがきます。ところが、人間というものは、いつまでも飽きることがない。

だから私は人と出逢うのが大好きです。無類の人間好きの私は八十五年生きてきて、何よりの財産は、素晴らしい、忘れられぬ人々との出逢いの豊かさだと自認しています。

中でも記憶に残っているのは、優れた文学者たちとの出逢いです。若い芥川賞作家の平野啓一郎さんと、私はずっとつきあっていますが、平野さんが、こうおっしゃるのです。

「一番羨《うらや》ましいのは、瀬戸内さんが、ぼくが活字でしか逢えない作家たちと、実際に逢っているということですね」

才能豊かな作家から、ちょっとねたましそうにそんなことを言われると、改めて自分の文学者としての人生が、いかに恵まれたものであったかに気づかされます。

私が小説家として歩んだ五十年間は、ひょっとしたら日本文学史に二度とない、至高の時代だったのかもしれません。

忘れられぬ文学者との出逢い

文学者との出逢いについてお話するときに、何といっても真っ先に挙げなければいけないのは、福田恆存《つねあり》先生です。

福田先生は、私が夫の家から出奔し、着の身着のままで京都へ移り住んだ後、初めて書いた作品を読んでいただいた方です。

『ピグマリオンの恋』という四十枚くらいの未熟な作品でしたが、福田さんは丁寧に読んでくださり、すぐに懇切な助言の手紙を送ってくださいました。

それが私ではなく、実家の方へ届いたのです。私はその頃京都の友人の部屋に居候していたので、差し出しの住所を実家にしていたのです。

父は夫との別れ話でもめている娘のところに来た夫以外の男性の手紙をさっさと開封してしまいました。

そこには私の小説の評が書いてある。この作品だけでは才能があるともないともいえない、というような曖昧な評でした。父はこれは才能がないという批評だと思いがっかりしたようです。ところが本来楽天家の私は、あの福田先生が、全く駄目だとおっしゃらないのだから、可能性はあるのだろう、といい方にとりました。今思えば、福田先生がおっしゃりたかったのは、「才能がありそうには思えないから文学などおやめなさい」ということを婉曲に言ってくださったのだと思います。

娘の将来に絶望した父は、その当時ほとんど隠居していたのに、もう一働きしなければと思い立ったのでしょう、金毘羅灸《こんぴらきゅう》というお灸をすえに、病身を押してでかけたのです。そして頭のてっぺんに灸をすえたとたん、脳出血で亡くなりました。

姉は私が駆けつけると、「あんたが殺した」と泣いて責めました。確かにその通りでした。

父の死後、隠居先の父の病室の枕元に原稿用紙に書いたものがあるのを発見しました。それは父の小説の書きだしの部分で、古風だけれど小説の態《てい》をなしていました。父は父なりにわけのわからない次女の憧れる小説とは何かを、手探りしてくれていたのです。

福田先生は、そのように、私のデビューのきっかけを作ってくださった恩人なのです。福田先生の奥さまの敦江さんが私の東京女子大の一級上の秀才で、私が憧れて友だちになってもらっていたのです。私が中国へ渡っている間に敦江さんは福田さんと結婚して、福田さんは新鋭の文芸評論家として華々しく活躍していられました。

その後、京都で一度、福田先生の作品が舞台にかかったときに呼ばれてお話ししたり、私が東京へ移ってからは、何度か大磯のお宅へ泊まらせていただいたりしました。本格的に物書きとしてデビューした後は、作品ができるたび、本をお送りするだけの関係が、長く続きました。

私は変なくせがありまして、物書きとしてデビューする前におつきあいしていた作家の方々とは、デビュー後になんとなく近づきづらくなって、こちらから敬して遠ざかる関係になることが多いのです。

同業者になってしまって恥ずかしい、ということもあるし、そのような人間関係が、私の作品の評価に影響するのを怖れたからでもあります。福田先生にしても、三島由紀夫さんにしても、デビュー後はあまりおつきあいしないようになりました。

福田先生と最後にお会いしたのは、京都の小料理屋でした。席についてしばらくしたら、近くの席にお座りになったのが福田先生だったのです。その時私はすでに出家・剃髪していましたから、「その髪、毎日剃るんですか」なんて、面白そうに眺めていらしたのを覚えています。

ひょっとしたら、坊主になったくせに、なんでこんな店に来てお酒を飲んでるのか、という皮肉だったのかもしれません。

その時福田さんは、七十歳を越えてらしたと思うのですが、とても若々しくて、まだ六十代半ばのように見えました。

少し話が脱線しますが、この頭を誰がどうやって剃ってるんですか、というのも、講演でよく聞かれる質問です。そのたびに「日本のC社の二枚刃で、自分で剃ってます」と答えていたら、あるときU社というイギリスの剃刀の会社から電話が来て、「ぜひうちの製品をお使いください。寂聴さんが亡くなるまで提供させていただきます」というのです。

使ってみたらとても切れ味がよくて、喜んでいたら、半年もしてからC社から電話があって、「ぜひうちのをもう一度お使いください。寂聴さんが百歳になるまで面倒みます」ですって。百歳なんて、もうすぐじゃないの、日本の会社の方が商売が下手ね、と怒ったんですけど、それから両方使ってます。私の髪は何しろ元気で、ちょっと気を許すとすぐぼうぼうになってしまいますから、毎日剃るのも大変なんですよ。

ちょっと脱線してしまいました。福田さんの話に戻ります。最後にお会いした印象があまりにも若々しかったものですから、私はすっかり安心して、亡くなる二カ月前、ある雑誌を通じて対談を申し込んだのです。ところが先方からは先生の具合が思わしくないから辞退したい、というお返事があり、私はびっくりしてしまいました。それから程なくして、亡くなってしまわれました。一九九四年十一月のことでした。

これも私のくせ、というか宿命なのでしょうか。身近な人、縁の人の死に目に逢えないことがとても多いのですね。私は父も母も見送れませんでした。かつての恋人も、知らないうちに亡くなっていました。きちんと見送ったといえるのは、姉くらいです。

福田先生にも、大変お世話になっていながら、長い間ご挨拶もできず、葬儀の当日は私も病気で倒れて行けなかったのです。最後まで失礼をしてしまいました。

小説家の道に進む最後の一押しをしてくれたのは福田恆存さんですが、私が最初に知り合った文学者は、三島由紀夫さんでした。一九五〇年のことです。

そのころ私は家を飛びだし、京都の出版社に就職したのですが、そこがつぶれ、京大病院の図書室に勤めていました。

仕事は本の貸し出しです。ところが、京大病院の先生は、今はどうか知りませんが、当時はほとんど本を読まなかったようで、一日座っていても、誰も図書室へ来ないんです。もう暇で暇でしょうがないのですね。私は何もすることがないのには耐えられないタイプです。そこで暇にあかせ、ちょっとした出来心で、三島さんにファンレターを書いて送ったのです。

そしたら、思いもよらないことに、返事が来たのですね。

「あなたの手紙はとても陽気で楽しいから、私は手紙の返事は出さない主義なのだけれど、面白いから書きました」

と書いてありました。その頃の私は、お金もなく、京都に身寄りがあるわけでもなく、人生でもっともどん底に落ち込んだ生活をしていましたから、この一言に、とても励まされました。

調子に乗った私は、自分は少女小説家としてデビューしたいと思っている。ついては、ペンネームを決めたい。次の中から選んで○をつけて欲しい、と、まだデビューの目処《めど》もついていないのに、ずうずうしい手紙を送りました。

するとこれにも、すぐ返事がありまして、「三谷晴美」という、私の子供の頃の戸籍名に○がついていました。私はその名前で少女小説を書きまして、すぐ採用されました。三島さんに報告すると、「そういうときは、名付け親に原稿料の一部を必ず送りなさい」という返事が来ました。

今で言えば「メル友」ですね。お互いに顔も知らないのに、そんな風に文通だけが続いていたのです。

その後しばらくして上京しましたら、三島さんのご自宅に招かれました。初めてお会いした現実の三島さんは、まだボディビルを始める前で、小さく痩せていて、目だけがらんらんと光り、絵に描いたような文学青年という雰囲気でした。紺絣の着物の裾から覗く脛毛の逞《たく》しさだけが、どきっとするような男らしさを漂わせていました。

三島さんは太宰治が嫌いで、確か面と向かって喧嘩したこともあるのです。そのころ私は三鷹市の下連雀というところに住んでいまして、森鷗外と太宰治の墓のある、禅林寺というお寺がすぐそばなんです。あるとき「暇なので、二人のお墓に毎日お参りしています」と手紙に書いたら、「(私は)太宰は嫌いだから、太宰にお尻を向けて、鷗外先生のお墓に花をまつってください」という返事が来ました。

やがて私が本格的に小説家としてデビューしますと、文通も途絶え、自然と遠ざかるようになっていきました。それは、福田先生のときにお話した私の「癖」のためということもあるし、三島さんの方もボディビルをしたり、政治運動をしたりと、その後急速に変わられて、そのことに私が馴染めなかったということもあります。

三島さんはなぜそのように変貌したか。いろいろな理由がありましょうが、よく言われるのが、ノーベル賞を取れなかった、という理由です。三島さんは当時、誰もが認めるノーベル文学賞の最有力候補者でした。

しかし自分でなく、川端康成さんが受賞されました。なぜ三島さんが受賞できなかったかというのは、当時も今も謎のままです。私が聞いたところによると、当時スウェーデン・アカデミーに出入りしていた人物が、「日本の三島は左翼だから」と吹き込んだためらしい。三島さんが左翼だなんて言えば日本では笑い者になります。それだけで、その人物の日本文学に対する知識が、さほど深いとは思われません。もしこの話が本当なら、三島さんは気の毒です。

自分をデビューさせてくれた師匠であり盟友でもあった川端さんが、自分が欲しがっていた賞を受けたことで、三島さんは相当なショックを与えられたと思われます。私は受賞の報を聞いて、当時同じマンションに住んでいた円地文子さんと一緒に、川端さんのお宅へお祝いに駆けつけました。そこへ三島さんもいらしたので、その時の二人の表情を間近に見ているのです。三島さんは、「このたびは、おめでとうございます」と、ワインを差し出し、両手をついて、とても硬い表情でお祝いを述べられました。

亡くなってだいぶたってから、ポルトガルのリスボンで、三島さんの実弟の平岡千之《ゆき》さんとお会いしました。平岡さんも詩人だったのですが、兄の創作の苦しみを目の当《ま》たりにして官僚の道を選び、当時、ポルトガル大使を務めてらしたのです。

平岡さんによると、三島さんは川端さんのノーベル賞受賞に、やはり大変ショックを受けていたそうです。三島さんがノーベル賞を受賞していたら、後の自決はなかったのではないか。そう平岡さんもおっしゃっていました。あるいは川端さんの自殺もなかったかもしれません。

亡くなる少し前に、私は三島さんからお電話をいただいているのです。大阪で、「十日の菊」の上演があるからぜひ見に来いという用件で。何月何日と、日にちまで指定されていたのに、私はその時抱えていた仕事がどうにも終らなくて、行けなかったのです。今思えば、もう死ぬことは決めていて、その前に、何か私に言っておきたかったのかもしれないと思います。返す返すも残念なことをしました。

私は、自衛隊に突入して、あのような奇抜な形で命を絶たれたことには驚きましたが、自殺されたこと自体には、さほど驚きませんでした。三島さんが亡くなったのは四十五歳でしたが、五十歳になる三島さんを、三島さん自身が許せなかったのだと思います。それ以前から、年をとって、ろくな作品も書かないのに権勢だけ振りかざす年長の作家たちに対して、激烈な批判の文章を書いたりしていらっしゃいましたから。

三島さんと親しかった美輪明宏さんは、三島さんはきっと自分の完全な姿を、自殺という形でストップモーションにしておきたかったのではないかとおっしゃいます。作家としての能力や感性も、ボディビルで鍛えた体も、月日が経てばいつか衰えていく。三島さんはそれを避けるために自殺されたというのです。なるほど、と思いました。

三島さんの死から一年半ほどして、今度は川端康成さんが自殺されました。テレビを見ていた時、いきなり画面の下にそのニュースが横に走りました。ヴィヴァルディの「四季」が流れてきたのを、鮮明に覚えています。

私は今度も、なぜか来るべきものがきた、という気持ちで、さして驚きませんでした。

川端さんと初めてお会いしたのは、一九六一年の六月のことです。

日本と旧ソ連の間に、初めて定期航路が開かれたことを記念して、女性だけの訪問団が、ソ連を訪ねることになったのです。団長がロシア文学者の米川正夫夫人の丹佳子さんだったため、文学者のご夫人方と一緒に、私も招かれていました。

その中に、川端夫人の秀子さんも加わっていらして、お見送りのため、川端さんと三島さんご夫妻が来ていられたのです。

みなさん、川端さんというと、あのぎょろっとした大きな目で、相手を射ぬくように見つめる写真を思い浮かべられるでしょう。実際、編集者の中には、あの視線に射すくめられて泣き出した人もいたそうです。でも、その時は、長旅に発《た》つ夫人を心配して、何くれとなく世話を焼く愛妻家という印象で、決して怖い文豪という感じではありませんでした。

私はその翌年、『かの子撩乱』という作品の連載を「家庭画報」で始めます。岡本かの子の生涯を追った伝記文学です。川端康成さんは、岡本かの子の小説の師でもあるのです。岡本かの子は先に歌人・仏教評論家として成功し、後に小説に転じるのですが、その際、自分よりはるかに若い、その当時新進気鋭の小説家だった川端さんの作品に感動し、小説の指南を頼んだのです。

そのため、かの子の夫の一平は、川端さんに高価な服や靴を次々と贈り、川端さんは、一平・かの子の息子の岡本太郎を含め、家族ぐるみのつきあいをします。

後年、私は『かの子撩乱』の縁で、かの子の実家のある二子玉川に、彼女の文学碑を建てるお手伝いをしました。建設委員の代表者が川端先生で、私はその使い走りです。かの子は、地元では「あの不良娘のために何で文学碑だ」などと陰口を叩かれ、評判がよくなかった。

それには私も往生しましたが、そういう人も、川端先生のお名前が出るとだまるので、私は水戸黄門の印籠《いんろう》みたいに先生の威光を借りて、一軒一軒廻り、なんとか建立にこぎ着けました。

　その世話人会の会合で、川端先生が、わざわざ私のところへ来られ、非常に丁寧な口調で、「かの子のことで、いろいろお世話になっていて、ありがとうございます」と述べられたのには恐縮しました。

　それが縁となり、その後川端先生とはちょくちょくお会いするようになりました。鎌倉のご自宅に招かれて伺うと、

「この不良め、また何をたくらんでいるの？」

といつでも機嫌がいいのです。

　世間では、川端先生というと、怖い人というイメージが定着しております。

しかし、私にとっては、ごく気のおけない、年長の友人という感じで、ちっとも恐ろしい人ではありませんでした。

　これは文学者としていいことなのか悪いことなのかわからないのですが、世間で怖い人、変わった人、ちょっと近づきにくい人と思われている人の懐《ふところ》へ、すっと入り込んで話ができる、そういう特技を私は持っているのです。

　インタビューや取材に伺っても、なぜかそういう方が、他では話したことがないような秘密や、ずっと心に秘めていた思いをぽろっと私にだけもらされる。これで私は、どれだけ得したかわかりません。

川端先生とも、それほど頻繁にお会いしたわけでもないのに、すぐ親しくなれました。

ソ連旅行から帰った後に、川端夫人から、

「あなたも小説家として恥ずかしくないように、宝石の一つも身に着けた方がいいわよ」と言われて、私の誕生石のエメラルドの原石を、奥さまご紹介の業者から買い求めたことがありました。

正直なところ、私はそのころまだお金がなくて、ソ連旅行の代金さえやっとのことで支払ったほどだったので、エメラルドの原石なんて、とても手が出なかったのです。

しかし、他ならぬ川端夫人の御託宣です。断るわけにもいきません。なんとか工面して買いました。

後日、指輪にしてお見せしたら、川端夫人はこんなことをおっしゃいました。

「瀬戸内さんはまだ小説家になったばかりで、お金もないから、そんなものを買わせたら可哀想じゃないか、とお父さんに叱られましたのよ」

その秀子さんも、九十五歳で亡くなられました。

井上光晴の壮絶な死

文学の恩人といえば、井上光晴さんを忘れることはできません。

初めてお会いしたのは、一九六五年の春でした。河出書房から依頼されて、大江健三郎さん、井上さんと三人で、高松へ講演にでかけたのです。私は大江さんとは何回かお目にかかったことがありましたが、井上さんとはまったく初対面でした。

私は友人、知人が多いので、誰とでも仲良くできるように思われますが、やはり相性の悪い人、話の合わない人はいます。そういう人と講演を一緒にすると、気疲れしたり、腹が立ったりで大変なのですが、この時は井上さんのおかげで、大変楽しい講演旅行でした。

小説家にもいろいろありまして、作品から想像される人柄と、実際に逢ってみた印象とがぴったり合致する人もいれば、そうでない人もいます。

大江さんは前者で、井上さんは後者でした。井上さんは、社会の矛盾を衝く厳しい作品からは想像もできない、陽気でサービス精神旺盛な、エネルギーの満ちあふれた人でした。サービス精神旺盛な人というのは、実は寂しがりの、孤独を怖がる人たちです。人に嫌われるのが怖いから、人にサービスしてしまう。そんなところが私と似ていたのでしょうか。私たちはその旅行で、すっかり仲良くなってしまいました。

その頃の私は、おびただしい数の中間小説を書いていて、流行作家と呼ばれていました。本当は純文学をやりたかったのですが、『花芯』以来あまりいい評価をもらえなかったのでくさっていたのと、中間小説の評判がよくて、次々と注文が入ってくるものですから、需《もと》められるままに書いていたのですね。

井上さんは多芸多才で、手品とか占いが得意なのです。自分は日本で五指に入るトランプ占いの名手だと自称していました。

帰りの飛行機の中のことです。スチュワーデスにトランプを持ってこさせて、いろいろ手品を披露した後、私のことを占ってやるとおっしゃるのです。

出てきたのはスペードの7とダイヤの10でした。

井上さんは、乗客がいっせいに振り向こうかというくらいな大音声で、

「あなたは現在持っているすべてを失いますね。金も地位も男も。つまりあなたの場合は、今後流行作家でありつづけるのを即やめることですね。今後一切中間小説をことわりなさい。どうせ失うなら、本当の文学をやりなさい」

と言われました。

私はどうせいんちき占いだとは思いながらも、なぜかその言葉に、すっとうなずけてしまったのです。ちょうど自分でも、このまま中間小説を書き散らしていていいものかどうか、迷っていたからかもしれません。

私は井上さんのご託宣通り、それ以来中間小説の仕事をきっぱりとやめ、純文学一本にしました。そして今に至るわけです。いまから振り返ってみると、あのままいったら、私はもっとお金持ちになっていたかもしれないけれども、たぶん仕事のしすぎでとっくに死んでしまっていたことでしょう。もちろん出家もしていなかったと思います。

それ以来、私たちは仲のいい友人として、二十七年間つきあいました。

男と女の間には真の友情は成立するか、というのは、古くからの文学のテーマでもありますけれども、私は井上さんとおつきあいすることで、初めてそういう関係が可能だということを知ったのです。

仲がいいと言っても、恋人というわけでもなく、馴れ合うわけでもなく、言いたいことを何でも言える親友というのは、ひょっとしたら恋人よりも得難い存在かもしれません。私と井上さんとの関係は、そのようなものだったのです。

出家するときも、真っ先に相談しました。実際に会うことはそれほどなかったのですけれど、仕事や生き方について、電話で長時間、よく議論しました。喧嘩もよくしました。お互いにそれぞれの人間性、仕事の価値を認め合っていたから、喧嘩ができたのです。しかし、一九八九年、井上さんがガンになってからは、力いっぱい喧嘩をすることはできなくなりました。対等の相手でなければ、喧嘩はできません。

私はたくさんの人を、ガンで見送っております。老いや死との戦い方は、人それぞれの個性が表れます。従容《しょうよう》として受け入れる人もいれば、あらゆる手段、あらゆる機会をとらえて戦う人もいます。井上さんは戦いを選びました。

ガンについて、あらゆる書籍や論文を取り寄せて、専門家もびっくりするような知識を得ました。そして、S字結腸、肝臓、肺と、ガンが転移するたびに、医師と相談して、その都度最善と思われた手段を選びました。漢方薬、健康食品、怪しげな妙薬とされるものにまで手を出して、戦いを続けました。

「全身不随になっても、俺は生き通してみせる。切り刻まれたって、体中管だらけのお化けになったってそんなことは俺は平気だ。生きて書きたい」と言い続けていられました。

全力で戦って、戦って、刀折れ矢尽きたのが井上さんの最後でした。それは文学とは、社会と戦うための手段であるという井上さんの文学観そのままの生き方でした。

その一方で、誰もいない場所では、

「どんなに嫌いな人間にでもこの病気だけはさせたくない。ガンほど残酷な病気はこの世にない。こんな苦しさは俺一人で十分だ」

と呻《うめ》きました。

最後は、もう生きているのが不思議だと医者から言われ、見るからに衰え、つらいことが明らかなのにも拘《かか》わらず、あくまで闘志を捨てようとはしませんでした。

意識を失ったあとに、不思議なことがありました。右手の指を宙に向けて、すっと横に動かす運動を、しきりにするのです。井上さんは原稿用紙が嫌いで、原稿は大学ノートに書いていました。だからたぶんあれは、意識を失いながらも、原稿を書いていたのだと思うのです。

井上さんは最後に「形見だ」と言って、私に一つ、いい言葉を贈ってくれました。それはまだ誰にも明かしたことのない、私を評価し、励ましてくれる言葉でした。

弔辞で私は、こんなふうに井上さんを送りました。

「あなたは生きたかったのです。もっともっと生きて、書きたかったのです。いつ死んでもいいと思っている死にたがりの私は、あなたと代わってあげられたらと、心底思いました……井上さん、私はあなたの菩提を弔うために出家したような気さえしています。けれども、あなたは私の祈りなどには屈しないで、強い、猛々しい悪霊になって、いつまでもこの世に魂魄《こんぱく》をとどめ、荒れ狂い、人類の差別と世界の不条理を、文学の退廃を指摘し、弾劾《だんがい》し続けてください。この世で書かれざるあなたの文学の最終章を、私たちの耳に、あの朗々とした声で聞かせ続けてください。永遠に、あなたの生命が生き続けますことを」

小説家というのは、大変な仕事ではありますけれども、一つだけ恵まれていることがあります。それは死んだあとに、作品が残ることです。よい作品を書き、それが人々の記憶に残っているうちは、その作者は、いわば永遠の生命を得たのと同じになります。三島さんも、川端さんも、決して忘れ去られてはいませんね。だから、彼らはまだ生きているといっていいのです。

あの世を信じない二人

私は反戦運動をしたり、女性の権利向上のために働いたりする一方で、世間で保守・反動と呼ばれる人たちとも交誼《こうぎ》を結んでおります。

時々左右を問わず、「無節操だ」なんて評判が聞こえてきたりしますが、私は気にしていません。

人間の本質というのは、一個の政治的スローガンでまとめられるものではないし、その複雑さを描くためにこそ、小説家は存在しているのだからです。

そんな私の交際範囲の中でも、政治的方向性は正反対にありながら、奇妙なところで似通った二人の作家がおります。里見弴《とん》先生と、荒畑寒村《かんそん》先生です。

里見先生は、有島武郎《たけお》、有島生馬《いくま》と続く有島兄弟の末っ子です。武郎さんと里見弴さんは小説家、生馬さんは画家として有名ですね。

里見弴先生との縁は一九五八年、私が三十六歳の時にさかのぼります。私の所属していた同人誌を読んでいただいているということがわかって、人を介してお逢いすることになったのです。

それから三十年近くおつきあいさせていただきましたが、よくお逢いするようになったのは出家してからです。ですからこれも仏縁ですね。

里見先生の話でもっとも印象的だったのは、兄、有島武郎が中央公論社の美人記者、波多野秋子と心中した時（一九二三年）の話です。

有島武郎は単に白樺派の作家というだけでなく、自分の農場を開放するなど、開明的な批評家としても著名な存在でした。

そして当時はまだ姦通罪《かんつうざい》がありました。既婚者と関係を持てば、懲役刑になります。その十一年前には、北原白秋が隣家の人妻と通じ、収監される事件がありました。武郎は秋子の夫に、金を払わなければ告発するとおどされ、自殺に追い込まれたのでした。事件の直後、里見先生は有島家の代表として軽井沢の警察に遺体の確認と事後処理に行ってらっしゃいます。

そのころの警察は今の警察とはだいぶ違いまして、発見当時の現場の写真を先生に見せ、どう処置するかを決めて欲しいと訊いてきたそうなのです。

当時の報道によると、梅雨時だったのと発見まで時間がかかったのとで、遺体は腐乱し、とても見るに耐えなかったといいます。

先生は決然と、「そんなものは、永遠になくした方がいい」と答えました。すると警察の署長は、そばにあった灰皿（灰落とし）を持ち上げて、写真乾板（当時はネガがガラスでできていたのです）をがちゃん、がちゃんと壊してくれた、ということです。

私はこの話を先生から何度かお聞きしたのですが、そのたびに先生の表情が、苦しみに満ちたものになるのが強く印象に残っています。

里見先生は悪いのは武郎だと考え、「あの事件は不愉快の一言につきる」と言っていらっしゃいました。コキュにされた夫の言い分をもっともだと思っていらしたのです。

ところがこれも人間の不思議なところですけれど、ご自分は武郎以上に、いえ、武郎よりはるかに自由に気ままに生きていらして、養子に入った家に多額の財産があったのですが、それを文学ではなくて、色事に使ってしまったのです。

本宅の妻や子をそっちのけに、赤坂の売れっ子の芸者さんを落籍《らくせき》させ、鎌倉の扇ヶ谷《おうぎがやつ》に愛の巣を作りました。本当に気ままな自由人でした。

里見先生のお話はいつも面白く、飽きないので、聞いているうちにあっという間に時間がたってしまって、後からメモをとっておけばよかった、録音をしておけばよかったと後悔することが多かったのですね。

これは一度、きちんと記録しておかなければ後悔すると思って、八二年四月、雑誌の対談で、三時間みっちり話を聞かせていただきました。『生きた書いた愛した』（新潮文庫）という本に収録しましたのでぜひ見てください。

先生は当時、九十四歳。今の私と同じで、親しい人、縁のある人はほとんど旅立ってしまっている。それをどう思われますか、あの世はあると思いますか、という質問をすると、人間は、いや人間だけじゃなくてあらゆるものは最後には無になる。あの世なんてない、というお返事でした。

里見先生というのは、外から見ると享楽的な人生を送ってこられたように見えるけれども、その実、徹底した無神論者で虚無主義者であるということがその時初めてわかったのですね。

神も仏も信じていない、とおっしゃった先生ですが、自分が死んだら私にお経をあげてほしいと言い残され、対談の翌年に亡くなられました。

私は霊前で泣きながら「阿弥陀経」をあげ、先生をお送りしました。

荒畑寒村先生とは、一九六八年、私が四十五歳のころ、初めてお逢いしました。それまでに私は『美は乱調にあり』『諧調は偽りなり』という作品で、革命家、大杉栄とその周辺の人物について書き続けてきましたが、大杉の元親友で、当時存命中の数少ない関係者の一人であった荒畑先生とは、お逢いしたことがなかったのです。

荒畑先生は、大杉と社会主義運動の路線をめぐって決裂したあと、共産党と社会党（現・社民党）の設立に参加し、戦後は代議士も二期務められました。そういう経歴から、私はちょっと怖い印象があったのですね。

しかし、お逢いしてみると、大変気さくで、それでいて頭脳明晰な、魅力的な方でした。お話も面白く、私はすっかりファンになってしまいました。

荒畑先生も里見先生同様、私が出家して以来、さらに頻繁にお逢いするようになりました。京都の寂庵へも度々来てくださり、祇園に案内すると、もともと生れが色街ということもあってか、遊び方が上手で芸妓たちにも好かれました。

「もう私なんか、寒巌枯木《かんがんこぼく》ですよ」

と自分の老いを強調するのが口癖でしたが、その実、ちっとも老いさらばえることなく、おしゃれで粋な紳士でした。そして九十歳の時、枯木に火が灯《とも》ったのです。当時四十歳の女性に、恋をなさったのです。原稿用紙二十枚もの恋文を、一日に三度も送り、その女性と一緒に行きたいばかりに、九十歳にして、憧れのアルプス登山を敢行します。

年齢が年齢ですから、私を始め、周囲がすべて反対したのですが、先生は頑として聞き入れません。結局その熱意と執念に恐れ入って、私たちもあきらめました。

荒畑先生の恋は、年寄りは恋愛などするはずがない、体の衰えとともに心の動きも衰えるのが正常だという考えが、根本から間違っていることをはっきりと示してくれました。

アルプスへの出発前夜、私に心のうちを打ち明けられたときのことが忘れられません。私が僧侶だから話せるのだ、と断って、泣きながら彼女への思いを連綿とお話になったのです。そして、

「この恋のせめてもの救いは肉欲が伴わない点です。しかし、だから嫉妬は五倍です」

こうおっしゃいました。

結局、その女性との恋は実らなかったのですが、老いてなお、熱烈な恋に身を焦がすその姿には、「恋と革命」の時代を生き抜いてこられた革命家の気骨、パワーを感じました。

最後は慢性気腫と気管支肺炎で、ベッドの上で亡くなりました。荒畑先生は以前から、自分のお葬式のことを歌に詠んで、自分の希望を伝えていられたのです。それは、

死なばわがむくろを包め
戦いの塵にまみれし赤旗をもて

というものでした。その言葉通り、真っ赤な赤旗にくるまれた棺で旅立っていかれました。

ご自分の希望された通りの、革命家らしい荘厳な死に様だったと思います。

一番身近な者の死

これだけたくさんの人を見送ってきて、私は、もう自分は生死《しょうじ》を究めたのだ、と勘違いしていたことがありました。弔辞を読むのも、お経を読むのも慣れてきました。私は作家として、芸術家は作品を生み出せなければさっさと死ぬべきだと考えていました。私自身も、そうしたいと常々思っていて、自殺するかわりに出家したようなものだったのです。

そのように命を粗略に考えるくせができたのは、戦争のせいでしょうか。あるいは母も父も私のいないところで死んだので、ほんとうは人が老いて死ぬということが、自分に身近なこととしては、わかっていなかったのかもしれません。

そういう自分の「甘さ」を、はっきりとつきつけられたのが姉の死でした。

　姉は直腸ガンで、六十六歳で亡くなりました。体調が悪いといって知り合いの病院で検査したのですが、その時はガンが見つからず、どうもおかしいというので他の病院で診せたら、すでに手遅れだったのです。

　自分の、この世にいるたった一人の身内が、間もなくこの世を去る、ということを知って、私は自分でも予想しなかったほど動揺しました。

　最初の病院の誤診を責めたり、姉の夫に不満をぶつけたりしましたが、そんなことをしてもいっこうに気は晴れません。何をしても、姉の死という現実は動かせないのです。

　それまで講演や法話、人生相談などで、他人に対しては「死への向かい方」などを講釈していた私が、おろおろと何も手につかない状態になってしまった。このことに自分でも腹が立ちましたが、どうしようもありません。

　私たち姉妹は、子供の頃は仲がよかったのですが、長じてからは、それほど頻繁に逢うわけでもなく、むしろ疎遠な方だったかもわかりません。

　しかし、その姉が不治の病に倒れた。そのことを踏まえて過去を振り返ってみると、いかに姉が不肖の妹を心配し、支えてきたかがわかってきたのです。

　私はガンの告知については、いつも肯定的な意見を言っていました。残りの人生を前向きに生きるためにも、医師にはガンを告知してほしい。そして無駄な延命治療はしてほしくない。

自分で自分の死を選び取ることを「リビング・ウィル」といいます。私はずいぶん前にこの宣言書を作りまして、署名しております。

リビング・ウィルの大前提が、インフォームド・コンセントであり、ガンの場合は、余命の告知になります。正確な情報の提供がなければ、自分の死をきちんと選ぶこともできませんから。

ところが私は姉のガンに関しては、告知をしませんでした。

まだまだ若い姉に、あと何カ月であなたは死ぬ、と告げることが、どうしてもできなかったのです。

でも姉はうっすらと気づいていたようでした。「享年六十六歳か、何だかちょっとあっけなさすぎて、可哀想すぎるなあ」と人ごとのようにつぶやいて、私たち家族をぎょっとさせました。そして数カ月後に、眠るように安らかな死を迎えました。

姉の病気が発覚してから死後一年くらいは、泣き暮らすような日々が続きました。

姉の死に際して、私はつくづく自分が死そのものも、死後の世界も、魂のことも、ほとんど何にもわかっていないことを知ったのです。

人を安らかに死に導くのが僧侶の仕事なのに、いざ自分の一番身近な死に対して、私は何もできなかったのです。

引導の渡し方

姉の死は、私が僧侶としてまだまだ未熟な存在であることを思い知らせてくれました。亡くなった人を、この世からあの世へ渡すことを仏教用語で、「引導《いんどう》を渡す」といいます。

現代の日常用語で「引導を渡す」というと、誰かに最終宣告を下す、というような意味ですけれど、元々は死者を仏の道に導くという意味なのです。

僧侶として、死に臨んだ人に引導を渡すのは大事な仕事のはずです。ところがこれが、やってみると非常に難しいことに気づきました。

私のごく親しい人で、京都の古い商家の奥さまがいらっしゃいました。私より少し年上なのですが、この方がガンになったのです。

長い間病院に入院して闘病したのですが、もういよいよ危ないという時期になって、子供たちがどうしても自宅で最期を迎えさせてあげたい、と病院に頼み込んで、通いの医者を頼み、自宅に引き取ったのです。

結婚していない一番上の娘と、その下の入り婿をとった次女が、つきっきりで看病をしました。今の時代、親は施設に入れてあとは時たま顔を見に来るだけ、という子供が多いですよね。そんな時代に、こんな心のこもった介護を受けられるなど、本当にまれなことだと思いました。

いよいよ危ない、という時期になると、散らばっていた親族が皆集まって、寝床のまわりでしくしく泣き始めているんです。

報せを受けて駆けつけた私は、その光景を目の当たりにして、感動しましてね。これはきちんと引導を渡さねば、と思って枕元でこんなことを話しかけたのです。

「あなたはほんとうに幸せな一生を送ったわね。こんなにたくさんのすばらしい子供や孫に恵まれて、幸せなまま逝《い》けるわね。ほんとうによかったわね」

すると、それまでぐったりしていた奥さまが、かっと目を見開いて、私をじっとにらむのです。そして、

「そやから死にとうないんです」

とおっしゃる。こんなにやさしい家族と、どうして別れなければならないのか、それが悔しい、と。私はそれを聞いて、二の句が継げませんでした。

生の意味が一人一人違うように、死の意味も一人一人違います。だから本人以外の人間が死に意味付けをするのは、本当ならやめた方がいいのですね。しかし懲りない私は、たびたび同じ間違いをしています。

私の北京時代からの親友に、チベット学者の佐藤長《ひさし》先生がいます。佐藤さんは、当時、私の夫と同様、留学生として中国に渡っていたのですが、戦争のため本国からの送金が滞

り、食べるのに困っていたのです。佐藤さんと私たちは同じアパートに部屋を借りていました。

夫の命令で、私は新婚早々から毎日佐藤さんにも食事をつくってあげていました。

ところがある日、佐藤さんの頭が禿げてきて、医者に行ったら「栄養失調だ」と言われたというのです。私は別に差別してません。毎日、私たちと同じ食事を差し上げていたので、栄養失調というのはどうみてもおかしい。そしたら、

「どうも私は普通の人より栄養を必要とする体質らしいです」

ですって。私は一生懸命食事を作っているのに失礼しちゃう、と怒りましたが、佐藤さんは、京都大学の元総長の甥だとかで育ちがいいのですね。きっと幼い頃から栄養をたっぷりとりすぎて、体が怠ける体質になっていたのでしょう。

だいぶたってから北京時代のことを聞いてみたら、「僕の体は高級な栄養でないと身に付かないんだ」とおっしゃってました。本当に失礼です。

佐藤さんは私が夫と別れた後も、それまでと変わりなくつきあってくださって、何でも話せる気の置けない友人として親しくしていたのです。

彼が二〇〇六年のある日、自宅で倒れた、という報せを聞いたので、私はすぐ駆けつけました。

佐藤さんの家は京都御所のすぐそばで、葵祭のときはとても賑わうところにあるのです

が、家の中に入ると、ふすまもカーテンも畳も、みなぼろぼろ。もう何年も開けていないような家具や本や資料が堆《うずたか》く積もっています。歩いていると床がみしみしいって、いつ抜けるかと心配なくらいです。

私は先生の様子を一目見て、これは自分の手に負えないとわかったので、祇園の女将に電話していい病院を紹介してもらって、救急車を待ちました。

救急隊の人は、今にも潰《つぶ》れそうな旧家の、足の踏み場のないような座敷に、尼さんと瀕死の病人を発見してさぞかし驚いたことでしょう。一瞬、立ちすくんで、何事かと目を瞠《みは》っていました。

病院へ担ぎ込まれたときは、もうかなり危険な状態でした。再び病室で会ったら、体中に点滴の管が走り、顔には死相が出ています。私は急に悲しくなって、

「先生、もうたくさん仕事したから、もうこの世に思い残すことはないよね」

と泣きながら呼びかけたのです。

そうしたら、

「僕はまだ死にたくない。あなたは勝手に死になさい」

という声が返ってきました。そして同行した私の秘書の方を見て、

「今度からはあなた一人で来てください。この人は忙しそうだからもういい」

とおっしゃるのです。こういうふてぶてしい方は、なかなか亡くなりませんね。もうだ

めかと思ったのですが、その後立ち直り、まだ御健在です。

お釈迦様の最期

この章では、私の縁《ゆかり》の人々の、老いや死の姿についてお話しました。

最後に、お釈迦様の老いと死についてお話しましょう。

お釈迦様は、二千五百年前の方ですが、各種仏典では、八十歳まで生きたとされています。そのころの平均寿命は、おそらく三十歳くらいでしょうから、非常な長寿です。

世界にはさまざまな宗教があります。教祖の生き様もさまざまですが、たいていは殉教や昇天などといった、超自然的な形で最期を迎えています。

お釈迦様は世界宗教としては異例なことに、教祖が普通の人間と同じように老い、同じように死を迎えており、その過程が経典の形で残されているのですね。

このことは、教祖の神秘性という意味では、もしかしたら宗教としての仏教にはマイナスなのかもしれませんが、私には、仏教のもっとも誇るべき特質であるように思えます。

だっていくら老いや死は怖くない、怖れるべきではないと経典が説いても、教祖自身が人間として悩み、正面から取り組んだ姿を見せてくれなければ、説得力がないではありませんか。

お釈迦様は二十九歳で城を出て、三十五歳で悟りを開かれて以来、八十歳までの四十五年間、休む間もなく各地を遊行《ゆぎょう》し、亡くなる少し前に、弟子のアーナンダに、こんな言葉を残されています。

「アーナンダよ、自分はポンコツの車のようだ。もうぼろぼろになって、やっと革紐で車輪をつなぎ合わせて動いている。ああ疲れた」

そしてその老いた体で、鍛冶工のチュンダから食事の供養を受けるのですが、なんとその食事の中に毒きのこが混ざっていて（腐った豚肉とも言われています）、お釈迦様は七転八倒の苦しみを味わわれるのです。

この食中毒が引き金となって衰弱が進み、お釈迦様は死を迎えるのですが、そのチュンダを恨むどころか、自分の死んだ後、チュンダが責任を問われることを案じられて、チュンダの供養した食事は涅槃《ねはん》へ至る助けとなった、チュンダは徳を積んだ、という言葉を遺《のこ》されました。

お釈迦様はこうして衰弱しながらも、最期の最期まで仏法を説く旅を続けられて、クシナガラというところで亡くなられました。

最期に、こんな言葉を遺されました。

「アーナンダよ、泣くな、悲しむな、嘆くな。私は常に説いてきたではないか。すべての愛するもの、好むものは必ず別れる時がくると。遭うは別れの始めだと。およそ生じたもの、存在したものは、必ず破壊されるものだということを。これらの理が破られることはないのだ」

私は、お釈迦様は自らの死に様を伝えることによって、自らの教えを証示されたのだと思います。世のため、人のために働いても、人間はいつか老いるし、病気して衰える。お釈迦様は自分の死によってこの絶対の真理を示したのです。私はお釈迦様の最期を思うとき、同じ人間としてのお釈迦様に、限りないなつかしさを感じるのです。

第四章　世情に抗する

悪い時代を生きる

長い間生きてきましたが、私は今ほど悪い時代はなかったと感じています。親が子を殺す、子が親を殺す、同級生を殺す、見ず知らずの人や、通りすがりの人を殺す。新聞やテレビでは、毎日のように、陰惨な事件が報道されています。

ひどい事件は、昔もありました。戦後十年くらいは、強盗殺人や誘拐がとても多かった。学生運動の盛んな時代は、テロや内ゲバなどが頻発しました。

でもそれらの犯罪は、貧困や政治信条が背景にあり、支持することはもちろんできませんが、理解はできることが多かったのです。

あのオウム真理教の事件だって、予言がつぎつぎと外れて、権威の失墜をおそれた教祖が仕組んだ必死の茶番劇と考えれば、悲惨な事件ではありましたけれど、動機や目的は理解できたのです。

ところが今の犯罪は、動機や背景が理解できないものが多いのですね。

何不自由なく暮らしているように見えた家庭で、ほとんど理由らしい理由もなく、妻が夫を刺し殺してバラバラにしてしまうとか、裕福に暮らしていたであろう医者の一家で、兄が妹に言われたことにかっとなって、その体を切り刻んでしまったとか。またはインターネットで知り合った人々が、まったく無関係の人間の殺害を請け負うとか。

何でそんなことで人を殺すのか、まったく理解できないような事件が多いのです。おかしいのは殺人事件ばかりではありません。最近多いのが企業不祥事と経済犯罪です。豚肉を牛肉だと偽って売ったり、賞味期限をごまかしてみたり。

政治家や官僚のスキャンダルなどは、毎月のように露見するので、もう憶えきれないほどです。最近の例で一番ひどいのは、社会保険庁のスキャンダルですね。

日本の官僚というのは、いろいろ問題はあるけれども、事務処理能力だけは世界一だと言われていたわけです。

それが、記録の管理という、もっとも根本的なところがでたらめで、事務処理すらきちんとできないことが世界中に知られてしまった。

あまつさえ、年金を受け取りに来た老人たちを、記録の不在をたてに次々と門前払いにしていたというのだから、あきれてものも言えません。

社保庁の職員というのは、いったい何のために給料をもらっているのか、自分でわかっているのでしょうか。まさか今月は何人門前払いにする、などとノルマを決めているわけでもないでしょうが、本当に、恥ずべきことです。

その後の調べで、全国各地で社会保険事務所職員による横領事件が多数起きていることがわかりました。それも、ばれたらお金を返せばいい、とおとがめなしになっていた例がたくさんあった。

民間の個人や企業が、帳簿をなくしたり、会社の利益に手をつけたりしたら、大変なことになりますね。税務署に呼び出されたり、マスコミに報じられたり。ひどいときには逮捕されて、会社がつぶれることもあります。

それなのに、役所がやればおとがめなしになるというのです。こんな変なことはありません。

社会を成り立たせている部品、それらをつなぐねじのようなものが、ばらばらと脱落していくような、そんな犯罪が増えています。日本という国が、どろどろになって溶けていくような情景を、否応なく見せられている、そんな気持ちがします。

老人を捨てる社会

老人いじめという点では、同じ頃に問題となった、介護事業の不正事件も同断です。

小泉純一郎さんは、ハンセン病の国家賠償訴訟で、国による控訴断念を決断された。私はその点では、小泉さんを大変評価しております。小泉さんが元ハンセン病患者の掌をしっかり握って励ました時は感動しました。しかし、介護という国の一大事を、民間任せにしたことに対しては批判的です。

世のため人のため、長い間働いた人たちに、国が報いるというのが介護保険制度の趣旨でしょう。それを民間任せにしていては、不正や悪用がはびこるのは当り前です。お年寄りの多くは、難しい制度の仕組みなどわかりませんから、業者の好き放題になるのは理の当然です。それを防ぐには、医療と同様に、いやそれ以上に、国の厳しい監視が必要です。本当は国がやるべきです。

社保庁や介護制度のスキャンダルが連日報道されていた二〇〇七年の七月に、「時事放談」という番組で、元自民党幹事長の野中広務さんのお話をお聞きしました。

野中さんは、事件の実態はそっちのけで、こういうことをおっしゃるのです。

「参院選を控えたこの時期に、こういうスキャンダルが表に出るのは、特定の勢力が画策して、リークしているに違いない」

彼らはあらゆる問題を、政治的な利害得失でのみ考える癖があります。この問題を持ち出せば、あの党が得するだろうとか、あの党は対抗して、こちらの問題を持ち出すべきだとか。誰が得して、誰が損するとか、そういうことばかり考えているのです。

そんなことはどうだっていいことじゃありませんか。国民にとって大事なのは、問題がきちんと解決されることです。誰がやったっていいんです。「あの党」がどこかなんて、言わなくたって国民はばかじゃないんですから、わかりますよ。

こういうところが変わらないと、マニフェストが政治を変えるだなんて言われても、まったく信用できません。お見合いの釣書《つりがき》と同じで、政権を取ったら反古《ほご》にするに決まっています。信用できるのは共産党だけだけれど、あの党は政権を取らないから、票を入れても無駄になるのが悔しいですね。

それはともかく、働けなくなった老人を、壊れた機械を捨てるようにうち捨てるのは、商業主義と利己主義に毒された社会の病の表れだと思います。

病に犯されているのは、官僚や大企業だけじゃありません。

京都市の右京区の外れに、老人専門の大きな病院があります。私はよく近くを通りかかるのですが、見るたびにどんどん立派に、規模が大きくなるのですね。

病院経営が冬の時代と言われ、つぶれる病院もある中、よく頑張ってるな、と漠然と思っていたのですが、あるとき、意外なことを知ったのです。

私の友人に、祇園の女将さんがおりまして、その人が伝えてきたのです。その病院の関係者が、祇園の人たちに羽織を配ってまわったらしい。

私もそれを見せてもらいましたが、一着六十万〜七十万円もしそうな、総絞りのいい品物なのです。女将さんたちがその関係者に、「こんなもの、もらっていいんですか」と尋ねたら、その人が何と言ったと思いますか？

「今は老人関連の事業は、大変儲かるの。だからお金には困ってないのよ」

私はお年寄りを商売の対象としてしか見ないその感覚に驚きあきれました。

この話には後日談があります。実はその後、案の定と申しましょうか、その病院が何か不正をした疑いがあるとかで、役所の調査が入ったのですね。

病院はそれを受けて、一時閉鎖に追い込まれました。入院患者は、退院しなければなりません。

その病院のすぐ前に、喫茶店がありまして、私はそれまで行ったことがなかったのですけれど、人と待ち合わせするために、ちょうどそのころ、たまたま立ち寄ったのです。すると、隣の席に、見るからにお金持ちそうな、きれいに着飾った奥さまたちが、数人座られたのです。

着ているものは高級ブランドで、ダイヤのピアスや指輪がきらきら光っていて、とても裕福そうなのですね。

私はまだそのころは耳がよかったので、隣席の話が、聴くともなしに聞こえてきたのです。そのうちの一人は北海道から、もう一人は九州から来たとのことでした。一人が、こう話していました。

「方々訪ね歩いて、やっとこの病院を見つけたのに、一カ月もしないうちにもう退院。本当に嫌になっちゃうわ。あの人の面倒をまたうちで看なければならないなんて、考えてみただけでぞっとする」

自分の親のことか、それとも舅・姑かは、わかりませんでした。でも、私は吐き捨てるようなその口調に、寒気がして、次に情けなくなりました。

人の事情というのは、外からはなかなかわからないところがありますよね。だから、その人たちにも、万やむを得ない事情があったのかもわかりません。

でも、その口調や、身に着けているものから判断するに、どうしてもそうだとは思えなかったのです。ただ単に、自分が面倒だから、自分が生活を楽しみたいから、じゃまな老人をゴミのように捨てようとしているとしか受け取れませんでした。

話は飛びますけれど、私は『京まんだら』という作品を書くために、ある時期、自腹を切って祇園に通い詰めたことがあります。

たいそうお金がかかりましたけれど、そのおかげで作品はとても評判がよく、祇園の女将さんたちと仲良くなることもできました。

そのつながりから、今でも祇園の情報が、いろいろと入ってくるのです。財界の某《なにがし》は遊び方が汚いだとか、僧侶の某は、ある女将を囲っているだとか。

みなさんも気をつけてくださいね。あのあたりで悪いことをすると、すぐ私のところへ伝わってきますから。

それはともかく、老人をそのようにして捨てるのは、人間を、労働力を生み出す商品として見る社会の風潮が関係していると思います。

「あいつは使える」という、最近の表現がありますね。「使える」というのは商品として役に立つ、ということで、「使えない」のは役に立たない、ということでしょう。

老人は「使えない」、だから捨ててしまおう、というのが今の社会なのです。

天台寺でも、こういうことがありました。十一月十五日の七五三の日は、大勢の人たちでにぎわうのですが、ある年の七五三で、五歳くらいの騒々しい子供が、

「あ、あそこにいるババア汚い、臭い！」

と叫んだのです。お参りに来ているお年寄りに、そんな失礼なことを言うのです。じき隣にいた子供までが、「汚い、臭い」と一緒になってはやしたてます。

親はすぐ隣にいるのに、何も言わないのですね。

私は、頭に血が上ってしまいました。

「だまんなさい！　あんたたちだって、今にジジイやババアになるのよ！」

と叱りとばしました。親も呼びつけて、一緒に説教しました。

子供はわんわん泣くわ、親は憮然とするわで、もう大変でした。あの親は、もう来ないでしょうね。

子供がそういうことを自分で思いつくはずがない。子供が言うということは、親もそういう価値観だということです。

本当に、情けない国になりましたね。私はこれは、アメリカの陰謀である、ということをよく言っています。

六十年前、アメリカは日本を占領したとき、こんな小さな島国が、どうして世界一の強国アメリカを相手に、あれほどしぶとく戦えたのかということを研究したのです。その結

果わかったのは、日本の家族の絆の強さが、国の強さにつながっていたという事実です。そこで彼らは、日本の家族制度を、たたき壊してやろうと考えたのです。

マイホーム主義を奨励し、核家族を称揚し、個人主義と競争を至上の価値とするアメリカ式の民主主義を、日本人の意識にすり込んだのです。

もちろん、アメリカ式民主主義にもプラス面があります。女性の権利は向上しましたし、戦前の軍部のような強権的な組織は、存在を許されなくなりました。

しかし一方で、日本の家族制度の良さ、義理人情とか親子の絆といった美徳は、壊滅的な打撃を受けました。日本の哲学が失われたのです。

こうして行き過ぎた個人主義、利己主義、競争至上主義の世の中ができあがったというわけです。昨今の犯罪は、これらの特徴をすべて備えています。貧困とか信条とか、公的なことが原因ではなくて、あの人が気に入らないとか、もっとお金がほしいとかいった、むき出しの欲だけが犯罪の原因となっているのです。

仏教ではよく極楽や地獄の話をしますが、今のこの世こそ地獄であり、煉獄《れんごく》です。日本は世界でも有数の自殺大国です。ＯＥＣＤ諸国の中では自殺率ナンバーワンで、毎年三万人もの人が亡くなっています。

こんなひどい世の中で、自殺したくならない方がおかしい。自殺する人は神経がまともで、生きられる人は神経がどこか鈍磨しているのだと思います。そうでなくては絶望してしまいます。

私はよくインドに行きます。インドは今でも貧富の差が激しいし、汚いし、いいかげんな人間も多いし、嫌なことも少なくないのですが、感心するのは、インドの人たちが家族をとても大事にする点です。

インドの人に「家族は何人？」と訊くと、少なくとも数十人、多い人は百人くらいと答えるのですね。そして何か困ったことがあると、まず家族に相談するという。だから少しくらい貧乏したり、病気になってもちっとも困らないのです。

日本のように、自分と配偶者と子供だけが家族で、それ以外はいかに親戚でも頼れないというような冷たい社会とは違います。

貧しくとも温かいインド社会と、富はあるが冷たい日本の社会と、どちらが進歩した社会といえるのでしょうか。

いじめの原因

現代社会の問題の病根のもう一つは、教育です。日本の教育は、ほんとうにひどい状態です。

教育がどうしてここまでひどくなったか。さきほどの行き過ぎた個人主義と競争至上主義も原因ですが、私は大きな要素として、偏差値至上主義が挙げられると思います。

偏差値というのは、これはみなさん大きな誤解をしていると思うのですが、客観的な学力の尺度ではありません。

同じ偏差値50と言っても、一年前の50と今の50では、問題が違うのですから、厳密には同じと考えることはできません。

偏差値50というのは、全体の中で真ん中に位置するということを意味するだけで、学力とは全く関係ない。これを先生は誤解して、例えば一学期と二学期の成績が同じ50だったとすると、「君は努力が足りない」と言って、生徒を叱るのです。

こんなばかげたことはありません。偏差値50は平均という意味しかないのですから、クラス全員が頑張って、その生徒が同じくらい頑張れば、偏差値は50のままなのです。

つまり、その生徒は人並みに頑張っているのです。

逆に、周囲の生徒が全員怠けて、その生徒が同じくらい怠ければ、やはり偏差値は50のままになるでしょう。

偏差値と学力は違う、という意味がわかっていただけたでしょうか。学力が上がって、たまたま偏差値が上がることはあり得ますが、一方で学力が上がらなくとも、偏差値が上がることはあり得るのです。

人間の学力というのは、数回から数十回のペーパーテストで測れるような、単純なものではないのです。

人間にはいろんなタイプがあります。学力があっても、一発勝負のペーパーテストがどうしても苦手な人間もいます。その反対に、学力はほどほどでも、一夜漬けや一発勝負が得意な人もいます。

また学力に限らず、人間の実力というのは、あらゆる条件、あらゆる状況に当てはまるということはありません。

よい例がイギリスの宰相チャーチルです。

チャーチルは、第二次大戦の戦争指揮に天才的な才能を発揮して、不世出の名宰相と謳《うた》われました。ところが、ドイツの敗色が濃くなり、イギリス国民の目が国内問題に向かうと、そんなことにあまり興味のないチャーチルはとたんに無能とそしられ、第二次大戦の戦後処理を話し合うヤルタ会談の途中で、選挙に負けて下野し、途中帰国という屈辱にまみれます。

人間はみな不完全です。すべてにおいて才能を発揮する人間などいないし、美点があるときには欠点となり、欠点がある場合には美点となったりする。だからこそ人間は面白いのです。

それを偏差値という偏った、欠陥だらけの一つの物差しで測り、あまつさえ、その物差しに合わない人間を排除していこうというのが、偏差値至上主義のひどいところです。

偏差値を上げる一番簡単な方法があります。それは勉強することではなくて、人を蹴落とすことです。

偏差値は学力ではなくて、全体の中での位置を示すものです。

ということは、何らかの理由で自分より上にいる人が脱落すれば、自分は人並みにやっていても、上に上がれるということを意味します。

同級生がどんどん落伍してくれれば、自分はなにもしないで上に上がれる。誰も表だって口にはしませんが、そんな計算が子供の頭の片隅にでもあれば、ろくなことになるはずがありません。

子供だけでなく親もそうですね。今の親は偏差値教育しか知りませんから、他人を蹴落とすことが勉強だと思っている。それを子供にも奨励しているのです。

教師もそうです。学校選択制の導入で、今は学校同士が点数競争をしています。子供のテストの点数を上げた教師が偉くて、点数を上げられない教師は無能だと言われますから、教師自身が、ひたすら点取り競争に走っているのです。

マスコミもひどいですね。テストの点を上げた教師を「カリスマ」だとかいって持ち上げるのです。テストの点を上げるテクニックなら、塾や予備校の講師の方が上でしょう。そんなものを追い求めるのなら、学校なんかやめてみんな塾か予備校にしてしまえばいいのです。

教師というのは、本来聖職のはずです。しかし、今では普通のサラリーマン以上にサラリーマン化が進んでいて、とにかく自分の身の安全と出世しか考えていないのです。いじめっ子やいじめられっ子がクラスに一人いると、自分の勤務評定に響きますから、ひたすら隠蔽《いんぺい》しようとする。勤務評定が悪ければ出世できませんから、そういう問題はふたをして、とにかく子供の点取りゲームだけに集中する。こういう教師が昇進するのです。

いじめの問題の背景には、偏差値至上主義が生み落とした、こうしたゆがんだ競争主義があります。

誤解されることもあるのですが、いじめそのものは、大昔から厳然としてありました。千年前に書かれた『源氏物語』にも、いじめの話があります。

光源氏の母親、桐壺更衣《きりつぼのこうい》は、天皇の寵愛を一身に受けたので、嫉妬した他の妃から、いろいろといじめを受けたのです。

平安時代というと、華やかなイメージがありますが、天皇のハーレム（後宮）には、トイレがありません。そのかわり、各部屋に木でできた、今でいえばおまるのようなものが置いてあって、それを召使いが捨ててくるのです。

おまるといっても後宮の備品ですから、現代のプラスチック製のような、安っぽいものではありません。金蒔絵《きんまきえ》のついた、漆塗りの立派なものです。

その中身を、桐壺更衣が歩いてくると、妃たちは廊下にぶちまけたのですね。『源氏物語』には「汚いもの」とだけ書いてあるのですが、要するに排泄物です。

桐壺更衣は、天皇に会うために十二単《じゅうにひとえ》をきちっと着こなしています。十二単というのはすそが長いですから、歩くたびに、廊下にばら撒かれた汚物を拭《ぬぐ》っていく格好になります。天皇の部屋についたころには、衣は汚物だらけ。臭くてとても会えたものではありません。

そういう子供じみたいじめを、日本人は千年前からやっていたわけです。

私の子供時代だって、いじめはありました。

私はいじめられている子をかばって、いじめる子供をとっちめる役だったのですが、あるとき、先生からいじめられたのです。

昔は学校の科目に「綴り方」というのがあったのです。今でいうと作文ですね。

私は綴り方が得意で、必ず文集に載ったのです。

担任の先生はそれをよくほめてくれたのですが、あるときその先生が産休で、隣の担任が綴り方の授業を代わってやったことがありました。

そうしたらその先生に職員室に呼ばれて、私の文章が載った文集を突きつけながら、こんなことを言われたのです。

「こんなむつかしい言葉を、あなたが知ってるはずがない。どこから盗んだの？」

頭から剽窃《ひょうせつ》、盗作だと決め付けているんですね。私は、

「どこからも盗《と》っていません」

と否定しましたけど、まだ小学二年生です。思うように言い返せなくて、泣いてうちへ帰りました。

それを聞いた母親が、烈火のごとく怒りまして、エプロンをさっと脱ぎ捨てると、学校へどなりこんでくれました。

「何を根拠にそんなことを言うんですか。叱るんなら、まず証拠を調べてから叱ってください。うちの子は生れつき頭がいいように産んでます」

私は母親が、職員室で抗議しているのを外で聞いていて、うちの母はなんて頼もしいのだろうと思いました。世間の人すべてが敵に廻っても、この母親だけは私のことを信じてくれる。心の底からそう感じられて、自分のことを誇らしく思いました。

子供の可能性を認め、伸ばしてやる。子供を信じてあげる。これこそが教育の本義でしょう。

ところが今の教育現場は、親や教師が、自分たちの利益のために、子供を裁き、縛り、一つの鋳型にはめる、刑務所のような場所になっているのです。

昔の子供はいじめられると、私のように、親のところに泣いて帰りましたね。

今の子供はそれができないというのです。親や教師にいいつけたら最後、いっそう徹底的にいじめられるし、親や教師は、結局のところ子供のテストの点数にしか興味がないことがわかっているから、あてにならないのです。

子供同士も、学校の同級生は、偏差値競争の潜在的なライバルですから、腹を割って話せない。

子供の世界も、親の世界と同じで、自分だけよければいい、自分の身だけ守る、という利己主義の罠にがんじがらめになっていて、子供はいじめられても、誰にも相談できないのです。

今の子供は、非常に孤独です。もしかしたら親よりも孤独かもしれません。この悪い時代に生れたことによって、昔では考えられないような目にあっている。私は可哀想でならないのです。

今のいじめは、金銭がからむことが多いのも特徴です。

家が貧乏というわけじゃない。食べるのに困っている子供なんてほとんどいない。ゲーム機とか、ゲームソフトが欲しくて、お金をゆすったりするのです。

老人への敬意にしても、お金にしても、そのような基本的な価値観についての教育が、戦後のいい加減な教育を受けた親にはできないのですね。そして、今、ひどい「いじめ」をするような不気味な子供たちを生み出してしまった。

こういう現状を治すのは、五十年や百年といった年月では到底できません。このままいけば日本は滅ぶ。私は本気でそう思っています。

昔の教育を受けた世代は、今こそ立ち上がるべきではないでしょうか。まさにわれわれ、おじいちゃん、おばあちゃん世代の出陣のときです。残された時間、かわいい孫たちに日本の伝統、日本人としての生きる道を教えてあげてください。

知識を詰め込むことが教育ではないのです。人間はどうあるべきか、何をすべきで、何をしてはいけないか、そういう基本的なことを、孫たちに情熱をこめて教えてあげてください。親も先生もあてにならない社会なのですから。

祈りは通じるか

私はご縁を得て出家得度して以来、自分の体は仏様にささげたもので、自分のものだと思っていません。

ですから、仏様に導かれるままに、いろいろな運動もしてきました。

特に戦争やテロに反対すること。これは、「殺スナカレ、殺サセルナカレ」という教えを奉じる仏教徒としての義務だと思っていますから、私としては当然のこととして、取り組んできたつもりです。

一九九〇年には、イラクのフセイン大統領がクウェートを侵略、それを受けて翌年多国籍軍がイラクを攻撃し、湾岸戦争が始まりました。

私たち戦中派は、戦争ほど無駄で愚劣な行為はないということが、骨身にしみてわかっているはずです。どんな大義名分、美辞麗句で飾ったところで、戦争とは、煎じ詰めれば国と国との利権争いに他なりません。

戦争の犠牲者は、兵隊たちであり、老人、女、子供であり、常に弱者です。一日でも、一時間でも長引けば、それだけ人は殺され、負傷します。

湾岸戦争の時は、今回のイラク戦争と違って、アメリカ国民は戦争の正義を信じ込んでいました。

テレビでは、毎日のように出征する兵士の家族が映し出され、その家族が、戦争賛成の意見を叫ぶのを報じていました。

イラク国民も、フセイン万歳、アメリカに死を、と叫ぶ映像が何度も流されました。

私はそれを見て、大本営発表を信じて、「勝ってくるぞと勇ましく」と、日の丸の旗で見送られた日本の兵士やその家族たちの表情が思い起こされてなりませんでした。

イラクの国民も、アメリカの国民も、為政者に騙されていたことは変わりありません。

私は湾岸戦争犠牲者の冥福と、即時停戦を訴えるために、断食祈禱《だんじききとう》を始めました。

私は嫁入り前に一度、体が弱いのを治そうと思って、二十日間の断食をしたことがあります。それ以来、本当に体質が変わったようで、ほとんど病気をしないようになりました。だから断食がどういうものか、どんなことに気をつければいいかは、わかっていました。

だから、何も怖れる気持ちはなかったのですが、世間は、何事か、と騒いでくれ、マスコミも報じてくれまして、私の狙い通りになりました。

断食のことを聞きつけた人々が、遠くからも毎日のように寂庵にかけつけ、写経を始めてくれました。

澤地久枝さんもいらして、途中から断食に参加されました。

ところが、その時私は六十九歳で、当り前ですけれども、やはり二十代の時から比べれば、格段に体力が落ちていたのですね。断食を始めて八日目の午前十時過ぎ、写経をしていましたら、突然目の前が真っ暗になり、耳が聞こえなくなったのです。座っていられなくなり、道場から部屋に戻ったら、倒れ込んでしまいました。翌日、入院したら、体重は六キロ減りましたが、血圧はかなり上がっていたのです。

しばらく入院しているうちに、ある日、病室のテレビを見ていたら、ブッシュ大統領（父）が画面一杯の大写しの顔で、「湾岸戦争は終った」と宣言していました。

これでやめてもよかったのですが、断食を始めた時に呼びかけたイラク人救援のカンパや物資が、たくさん寂庵に寄せられて、入りきらないほどになったのです。

これを何とか終戦直後のイラクに届けたいと、いろいろ調べたのですが、どうしても手段がありません。

これはもう、自分で届けるよりほかないと思い立って、ビザを申請したら、当時はまだ終戦直後で、ジャーナリストなどには一切ビザが下りないのに、なぜか私はもらえたのです。

私は総額一三七二万四〇一三円のカンパで購入したミルクと医療品を持って、アラビア語がぺらぺらの編集者二人と共に、イラクへ入国しました。その時、東京のイラク大使館にもらった書状と並んで効力を発揮したのが、私の頭です。

イラクは砂漠の国ですから、日差しが強いのですね。そのため私は普段は白い木綿の帽子をかぶっていたのですが、現地の政府職員や兵士と、何かトラブルになりそうになると、これをパッと取るのです。

すると、彼らの態度が、さっと変わるのですね。

「あの人は、どうしてあんな頭なのか」

「あの人は、男か女か」

なんて質問攻めにされたりして、私の頭に興味が集中することによって、そこから始まる会話で雰囲気が和み、万事うまくいったのです。

これもまさに、仏様のご加護のおかげです。坊主頭にこんな効用があったとは、その時まで気づきませんでした。

そんなわけで、何度か危険な目には遭いましたが、なんとかバグダッドに着くことができました。実際に行ってみると、終戦直後のバグダッドは、駅や橋があちこちで陥《お》ち、電気もガスも水道も止まっていて、大変な状態でした。

病院へ伺うと、医療器具が動かないので、瀕死の病人を前にしても、医者が何もできないでいるのです。私の目の前で赤ん坊が亡くなり、爆撃で全身が七色に焼けただれた人が、痛みのためベッドに横になれず、ハンモックみたいなものにぶら下がりながらやっと休んでいる。まさに地獄絵図が広がっていました。

初めは疑心暗鬼だった病院の人たちも、私たちが本当に救援物資の提供のために来たのだということがわかると、どこでも歓迎してくれました。帰国後、「あなたたちのくれた医療品のおかげで、たくさんの子供の命が助かった」という感謝状が届いたときは、自分たちの苦労は無駄じゃなかったとほっとしました。イラクはアメリカの言うような信義のない、悪人ばかりの国ではないのだ、と救われた思いがしました。断食は二〇〇一年のアメリカによるアフガン報復攻撃のときも、四日やりました。

二〇〇三年、アメリカは再び、イラクを攻撃しました。前回はフセインが仕掛けた戦争ですが、今度はアメリカが仕掛けて始まりました。

アメリカが当初開戦の理由として掲げていた「アルカイダとの関係」「大量破壊兵器の所持」などが全部嘘であったことは、みなさんもご存知でしょうからもう言いません。

戦争の本質はいつも同じ、為政者や政府の欲です。今回のイラク戦争も、結局は石油利権目当てであることははっきりしています。

そんなもののために、三万人以上のイラク人、三千人以上のアメリカ人が、これまでに死にました。あの時私の薬で助かった子供も、犠牲者の中に入っているかもわかりません。なんという酷いことでしょう。

日本政府はこの戦争を支持すると表明し、イラク南部に自衛隊を送りました。

アラブの人たちというのは、私もイラクへ行った時に、肌で感じましたが、とてもひとなつっこく、旅人に親切で、そして親日的です。

アメリカの口車に乗って、そんな国に派兵したことが、私は悔やまれてなりません。

私は湾岸戦争の時と同じように、今回も断食祈禱をしようとしましたが、周囲が止めるのです。もう高齢だから無理だというのですね。

そこで断食をやめて、そのかわりに朝日新聞に意見広告を出しました。「反対　イラク武力攻撃」という、大きな広告です。

私はそれまで知らなかったのですが、意見広告というのは、個人は出せないのですね。朝日の広告部にそう言われて、宗教法人寂庵の名義で出すことにしました。

新聞広告というのは、高い料金をとるんですよ。でもそのかいあって、全国から手紙、メール、電話で、たくさんの激励をいただきました。

これらは全部、私は仏教者としての祈りの運動だと思っています。戦争を起こさない、起きた戦争を止める。これは仏教者としての義務です。

しかし、こういうことをすると、決まってこんなことを言ってくる人がいます。

「そんなことが役に立つのか。坊主が祈って戦争が止むものなら、第二次大戦だって起きなかったはずじゃないか」

日本の仏教者は、一部を除いて、戦争の時には声を上げませんでした。声を上げたのは仏教徒でも、キリスト者でもなく、大本教でした。これは日本仏教の、恥の歴史です。

しかし、祈りだけで戦争が止むのかと問われれば、答えはノーでしょう。人間一人の力というのは、限られています。だから、いくら一人が戦っても、歴史の流れには勝てないのです。

人間の歴史の中で、してはならない戦争が、非暴力の運動の力で阻止できたことは、かつて一度もなかったのではないでしょうか。残念ながら、それが厳しい現実です。

でも、歴史というのは、人間の活動の集積です。そのとき効果がなくとも、あの時、その流れに抗して、一人でも二人でも、抗《あらが》いの声を上げたということが、後の歴史に、ほんのかすかかもしれないけれども、確実に足跡を残し、大きな流れで見れば、影響を与えていく、いわば歴史の歯止めを作っていくのです。

だから自分が、「これは間違っている」と思ったことには、あきらめないで、勇気を持って声をあげていくべきです。「そんなことをしても無駄なんじゃないか」とあきらめ、この悪い時代に狎《な》れてしまってはいけません。

長い長い歴史の中で、私たち一人一人は砂粒のようなちっぽけなものですけれど、でもその砂粒のような人間が、歴史を作ってもいるのです。

ですからどんなに悪い時代でも、人間の可能性を信じて、祈り、行動していきましょう。悪いことは悪いと、声をあげ、立ち上がり、腕を組んで、悪い歴史の流れの堰《せき》となろうではありませんか。

今からでも、少しでもいいのです。できることから始めませんか？　私も、そうしています。道端のごみ拾いでも、ご老人に少しでも話しかけるとか、なんでもいいのです。みなさんも、どうか今すぐ、始めてください。

世の中を少しでもよくしたい、歴史を少しでも正しい方へ導きたい。みなさんが皆そう願えば、きっとその願いは叶えられます。そう、私は信じています。

解説
魅力、または強靭な説得力

井上荒野

つい最近、寂庵をお訪ねする機会があった。

もちろんそれまでも、寂聴さんにお目にかかったことは何度もあった。私がまだ十代二十代の頃、実家にいらしたことがあったし、雑誌の仕事でインタビューや対談をさせていただいたことも、文学賞のパーティなどでも。だがこの最近の面会は、私にとってはそれまでにない意味を持つものになった。

ひとつには、一昨年母を亡くしたことがある。父は約二十五年前に亡くなっている。もともとは父との親交が深かったことでお近づきになった寂聴さんと、これまではずっと、両親の娘として相対していたところがあったのだが、今回はじめて、ひとりの小説家として、あるいはひとりの人間として、すくなくともそうありたいという決意のうえでお目にかかったのだった。

そのことが寂聴さんに伝わったかどうかはわからない。でも、私のほうにはあきらかな衝撃があった。その面談が雑誌に掲載されるというようなことではなく、私のほうからお願いして時間を作っていただいたはじめての機会でもあり、これまで直接は話題にしなかったいろんなことを聞き、いろんな話をしていただいた。それで、私は本当にびっくりしながら、どうしようもなくしみじみと思ったのだ――この人は、本当に魅力的な人だ、と。だからこそ父は、死ぬまで彼女とかかわりを持ち続けていたのだ、と。

本書『老いを照らす』は、寂聴さんの法話と講演を書き起こしたものだ。読んでいると、寂聴さんの生き生きと、のびのびとした声や、豊かな表情や身振りが浮かんでくる。実際に寂聴さんに会ったことがない読者でも、人を惹きつけてやまない話術の妙は、十分に伝わってくるだろう。

まずは旺盛なサービス精神がある。話がわかりやすくて面白いのはもちろん、法話の聴講者から身の上相談をされたとき、瞬時にその相談の本質を見抜き、「相手がいちばん言ってほしいこと」を助言するのは、想像力のたしかさと豊かさゆえでもあるだろう。つい先走り（質問がよく聞こえなかったこともあり）、夫を亡くしたばかりの女性に「おめでとうございます」と言ってしまったという失敗もあるが、そのエピソードを次回の法話で明かしてしまうというのが寂聴さんである。

そしてユーモア。思うに寂聴さんは、話を面白くしようと思っているのではなく、ご自身にとって「面白いこと」を話されているのではないだろうか。つまりそこには、小説家としての感性が働いているから、結婚式のスピーチなどで社長さんや政治家が披露する「ユーモア」とはひと味もふた味も違う。たとえば剃髪《ていはつ》する剃刀《かみそり》を二社のメーカーが競い合うように送ってきた話とか、「不犯《ふぼん》の聖僧」に「危険なことはございませんでしたか」と訊《たず》ねて、「あった。一度」というお答えを引き出した話とか――同じことをべつの人が経験したら、まったく違うニュアンスのエピソードになるのではないだろうか。

口当たりは軽いけれど、中身は重くて深い。すらりとは読めない。それもまた、本書を読んだ人の多くが実感することだろう。

本書の一章から三章までは老いや死生観がテーマになっており、最終章では、現代の世相や戦争に対する考えが示されている。

読みながら何度も立ち止まり、自分の身に引き寄せて考えてしまうのは、言葉のひとつひとつが、寂聴さんご自身のこれまでの人生と、体験を通した洞察から発されたものだからに違いない。平易な言葉を選びながらも、すべてが寂聴さんの「本当」なのだ。

寂聴さんは僧侶だから、もちろん仏教の教えを引用されてもいる。でも印籠《いんろう》のように使ったりはしない。たとえば「天上天下唯我独尊」について、「天にも地にも自分はただ一人。つまり人間の命というのはこの世に一つしかない。だから尊く、大切にしなければならないのだ」という独自の解釈をしてみせる。

あるいはまた「……この世の中には、目に見えないけど大切なもの、重要なものがいくつもあるのです」と寂聴さんは言う。神様や仏様もそうだし、「心」もそう。目に見えるものは、人間が支配できるもの。そうではないものを尊重し、畏《おそ》れて、私たちは生きていくべきだ、と。

こうした考えは、「人間への関心というのは、私の文学の出発点なのです」「この複雑な人間性を描くことこそが、文学の使命であり……」という文学観にも裏打ちされている。そうして、功利主義や偏差値偏重の教育、弱者を見捨てる社会、戦争に、はっきりと「NO」を突きつける態度へと繋《つな》がっていく。ぶれがないのだ。なんという強靭な説得力だろうか。

川端康成、荒畑寒村、三島由紀夫——名だたる文学者と親交を持ち、世間では気難しい、こわいと言われていた人たちからも愛された寂聴さん。彼らが寂聴さんのことを好きになったのは、寂聴さんがまず、先入観や偏見を捨てて、彼らを好きになったからだと思う。寂聴さんの説法には、愛が溢《あふ》れている。人間への愛、生きることへの愛。宗教に無縁で生きてきた人（私もそうだ）も、この「愛」の霊験は信じたくなるだろう。そうして、私はやっぱり、寂聴さんという人の魅力、いっそ引力に、あらためて圧倒されてしまうのだ。

（いのうえ　あれの／小説家）

老《お》いを照《て》らす

朝日文庫

2016年5月30日　第1刷発行

著　者　瀬戸内寂聴《せとうちじゃくちょう》

発行者　首藤由之
発行所　朝日新聞出版
〒104-8011　東京都中央区築地5-3-2
電話　03-5541-8832（編集）
03-5540-7793（販売）
印刷製本　大日本印刷株式会社

Published in Japan by Asahi Shimbun Publications Inc.
定価はカバーに表示してあります

ISBN978-4-02-264812-9
落丁・乱丁の場合は弊社業務部（電話03-5540-7800）へご連絡ください。
送料弊社負担にてお取り替えいたします。

朝日文庫

瀬戸内 寂聴

いま、釈迦のことば

人生の最後をどう過ごすか、別れをどう受け止めるか、孤独にどう向き合うか——ブッダの名言をやさしく説き、生と死を学ぶ、寂聴流「仏教入門」。

上野 千鶴子

老いる準備

介護すること されること

ベストセラー『おひとりさまの老後』の著者による、安心して「老い」を迎え、「老い」を楽しむための知恵と情報が満載の一冊。〔解説・森 清〕

車谷 長吉

人生の救い

車谷長吉の人生相談

「破綻してはじめて人生が始まるのです」。身の上相談の投稿に著者は独特の回答を突きつける。凄絶苛烈、唯一無二の車谷文学《ワールド》！〔解説・万城目学〕

曽野 綾子

幸せの才能

人生は努力半分、運半分！ 読むだけで心が明るくなる、幸せに生きるヒント六一編。著者の説得力ある言葉が、読む人の毎日を肯定し、力づける。

遠藤 周作著／鈴木 秀子監修

人生には何ひとつ無駄なものはない

人生・愛情・宗教・病気・生命・仕事などについて、約五〇冊の遠藤周作の作品の中から抜粋し編んだ珠玉のアンソロジー。

佐野 洋子

役にたたない日々

料理、麻雀、韓流ドラマ。老い、病、余命告知——。淡々かつ豪快な日々を綴った超痛快エッセイ。人生を巡る名言づくし！〔解説・酒井順子〕